NADINE MOUSSELET

Nadine Mousselet est une auteure de romans policiers. Après avoir étudié les sciences humaines et la psycho-pédagogie, elle devient professeur des écoles. Elle enseigne pendant huit ans en Belgique, son pays natal. Elle s'installe en France en 1986 et commence à écrire des nouvelles en 1999, dont certaines sont publiées dans la presse féminine. Son premier roman, *Chantage meurtrier à Avranches*, paraît en 2004. En 2006, elle publie le premier thriller de sa série « Une enquête de Laura Claes », *Scalpées dans la baie*, qui reçoit le Prix Ville de Trévières en 2007. Elle est également membre de la Société des auteurs de Normandie.
En 2025, Nadine Mousselet se lance dans l'aventure de l'édition nationale avec les éditions XO et Pocket. En mai 2025, paraissent simultanément *Meurtres cousus main* chez XO, *Scalpées dans la baie* et *Les Disparus de Tatihou* chez Pocket.

LES DISPARUS DE TATIHOU

ÉGALEMENT CHEZ POCKET

Les Disparus de Tatihou

Scalpées dans la baie

Momies (juillet 2025)

Un petit souvenir de toi (juillet 2025)

NADINE MOUSSELET

LES DISPARUS DE TATIHOU

Une enquête de Laura Claes

POCKET

ISBN : 978-2-266-35184-3
Dépôt légal : mai 2025

CHAPITRE 1

Georges Lemarchand se grattait le front, sceptique. Archéologue de son état, il travaillait sur l'île Tatihou. Sa mission : étudier et fouiller les talus de terre qui formaient les remparts de l'île. Certains dataient de 3 000 ans. Pour ce faire, il s'était adjoint l'aide de trois étudiants en protohistoire, autrement dit les sciences regroupant l'ensemble des connaissances sur les peuples sans écriture des premières civilisations. L'étude de ces fortifications datant de 800 ans avant notre ère et encore visibles aujourd'hui sous forme d'une levée de terre, un talus pour les non-initiés, donnait de précieuses indications quant à la vie de nos lointains ancêtres sans doute déjà menacés par des invasions puisqu'ils éprouvaient le besoin de se protéger derrière des remparts. Mais les fouilles n'obéissent pas à un ordre de mission précis. En creusant, il arrive que l'on tombe sur des trésors plus anciens encore. Ainsi, trois semaines plus tôt, ils avaient mis la main sur une « poubelle » située près de fondations datant, après étude approfondie, de l'âge de bronze, soit de plus de 3 500 ans. Un jackpot pour les archéologues. Les jeunes surtout avaient été profondément émus. Cette « poubelle » contenait de véritables découvertes, témoins de la vie quotidienne à l'époque. Le grand patron de la Fac s'était même déplacé pour admirer sur le terrain, meules, outils agricoles en silex, céramiques pour la conservation des aliments ou encore pesons et fusaïoles, des anneaux de bois destinés au filage de la laine. Mandatée par le ministère de la Culture, une équipe du Musée de Normandie, une femme et un homme, parité oblige, était venue photographier le site ainsi que chaque objet mis au jour. Ils étaient restés surveiller le désenfouissage puis avaient géré le transport de ces précieux témoins jusqu'à Caen où ils subiraient de nombreuses analyses avant de rejoindre les vitrines du musée.

Ce matin, l'équipe de Georges Lemarchand creusait dans un fossé précédant les fortifications. Une imperceptible nuance dans le vert des herbes folles, mais rases, avait attiré l'attention du chef de groupe.

— On va creuser ici. On va peut-être trouver une autre poubelle, qui sait ?

Ils s'y étaient mis de bonne heure. À Tatihou, on se couche tôt et on se lève tôt. L'hôtel confortable et pratique offrait un restaurant, mais pas de quoi passer une nuit de folie. De l'étude, de la lecture, des discussions entre collègues et un paysage à couper le souffle. De la détente afin d'être sereins et en pleine forme pour une nouvelle journée que chacun espérait riche en découvertes. Les trois étudiants, Mik, Enzo et Louanne avaient commencé à retirer la terre qui s'avérait dure comme du béton. Il leur avait fallu la matinée pour arriver à une couche plus meuble sans avoir trouvé quelque objet que ce soit. La pause de midi avait été la bienvenue pour les travailleurs de force.

— Être archéologue demande plus de force qu'on l'imagine, avait plaisanté Georges Lemarchand. Notre université n'a pas les moyens de nous payer des ouvriers pour les basses tâches !

Les étudiants avaient ri jaune. Leur patron s'était contenté de les diriger sans creuser dans la caillasse !

Le repas achevé, un quart d'heure de pause et ils s'étaient remis à l'ouvrage. À ce stade, Georges Lemarchand s'y était mis aussi. Pelles en tissu, pinceaux, cette fois, ils y allaient en douceur. Dieu seul savait quel trésor fragile pouvait se dissimuler sous la terre meuble.

Au bout d'une heure de travail intense, Louanne avait poussé un cri de victoire :

— Je crois que j'ai quelque chose ! On dirait… Oui, on dirait un os !

Georges Lemarchand en tête, tous s'étaient précipités aux côtés de la jeune femme.

— Tu as raison. C'est un os, avait approuvé le chef.

— Un cimetière ? avait demandé Mik.

— Trop tôt pour le dire. Et puis, il me semble tellement bien conservé pour ses 3 000 ans…

Georges avait commencé à se poser des questions, mais il les avait gardées pour lui. On retrouvait bien des mammouths en parfait état, alors pourquoi pas un homme ? Ce serait l'apothéose de sa carrière, si son équipe et lui dénichaient une nouvelle « Lucy ». Tatihou, comme le reste de l'Europe, était passée par des périodes glaciaires à la fin de l'âge de bronze. Un corps aurait pu être enterré à cette époque et y rester jusqu'à aujourd'hui. Ils avaient continué la mise au jour du squelette. Au fur et à mesure qu'ils avançaient, l'archéologue voyait ses rêves s'envoler et les doutes l'assaillir. Il ne dit rien encore, mais la conformation du corps ne correspondait pas à un homme de l'âge de bronze. Quand enfin vers dix-huit heures, alors que le soleil tombait sur l'horizon, le squelette fût entièrement déterré, le doute n'était plus permis, ni pour le chef ni pour ses étudiants. Le corps qui gisait là n'était pas ancien. Pas dans le sens où ils l'entendaient. Pour preuve, un petit foulard jaune et vert presque décomposé gisait encore à côté des cervicales du squelette.

— C'est ce que je crois ? demanda Louanne un peu trop pâle.

— Si tu crois qu'il s'agit d'un corps récent, alors oui, répondit Georges Lemarchand. Il faut avertir les flics. Ce n'est pas normal qu'il soit enterré à la sauvage. Mik et Enzo, restez de garde ici. Ne touchez plus à rien et surtout empêchez des touristes trop curieux de s'approcher. Vous n'avez qu'à déplacer la rubalise délimitant les fouilles sur un périmètre de 10 m autour comme si le secteur était réservé. Ça retardera les curieux.

En cette mi-mars, les touristes n'étaient pas nombreux, mais il valait mieux prendre des précautions.

— Louanne, tu viens avec moi.

— J'ai mon portable, dit la jeune fille. On peut appeler d'ici.

— On peut essayer.

Très vite, il râla :

— Je m'en doutais ! Pas de réseau. On file à l'hôtel appeler du fixe.

Un quart d'heure plus tard, sous les yeux effarés de la directrice de l'hôtel, il avait la gendarmerie de

Saint-Vaast-la-Hougue en ligne. La femme choquée par l'annonce de la découverte du corps ne perdit pas un mot de la conversation, Louanne ayant branché le haut-parleur.

— Gendarmerie, j'écoute.

Georges se présenta et expliqua dans quelles circonstances ils avaient trouvé un squelette trop récent pour être celui d'un ancien habitant de l'île.

— Vous êtes certain ? interrogea le planton de garde au téléphone.

Il en avait marre des coups de fil bidons qui mettaient la brigade en alerte alors que, peut-être ailleurs, de vraies victimes auraient eu besoin d'eux.

— Bien sûr que je suis certain ! Je suis archéologue, je sais distinguer un squelette récent d'un ancien !

Il y eut un silence, puis :

— Vous êtes à l'hôtel de Tatihou, c'est bien ça ? Et vous êtes… votre nom déjà ?

Georges répéta, exaspéré.

— Vous allez faire quelque chose ?

— Restez près du téléphone de l'hôtel, monsieur. On vous rappelle.

Il raccrocha. Georges se tourna vers Louanne :

— Il ne me croit pas ce bougre d'âne !

Madame Louise, la patronne, temporisa :

— C'est normal qu'ils prennent des précautions. La vie de personne n'est en danger. Votre squelette ne risque rien et vous savez, il y a de mauvais plaisantins qui déplacent les forces de l'ordre pour rien. Déjà que les pauvres gendarmes ne sont pas assez nombreux, ils ne peuvent pas se permettre…

Le téléphone sonna. Madame Louise fut la plus prompte à décrocher.

— Dormir à Tatihou, bonjour !

— …

— Oui, c'est Louise. Puis se tournant vers l'archéologue : Je vous le passe, Commandant.

Georges leva les sourcils. Le commandant, carrément ! Il prit l'appareil et recommença son histoire.

— Vous pouvez envoyer des photos ?

— Pas de réseau !

— Bien. On arrive. Restez à l'embarcadère, vous nous mènerez sur le site.

— Pas de problème. Combien de temps ?

— Au moins une demi-heure. Le temps de sortir la vedette, c'est le plus long, et d'arriver. Heureusement, la mer est haute. Sinon on aurait perdu du temps.

Georges approuva. Tatihou se trouvait juste en face du bourg de Saint-Vaast-la-Hougue. Moins de deux kilomètres séparaient l'île du continent. À marée haute, la traversée ne pouvait se faire qu'en bateau. À marée basse, elle pouvait se faire à pied, mais il n'est pas facile de marcher sur l'estran. Le touriste un peu sportif pouvait s'y risquer à condition de bien connaître les horaires de marées pour ne pas se faire piéger par la mer. Pour les moins sportifs, l'île restait accessible à marée basse grâce à un ingénieux système de bateau amphibie équipé de roues qui flottait à marée haute et roulait à marée basse.

— Très bien. J'y serai.

En réalité, il se passa près d'une heure avant que la vedette de la SNSM réquisitionnée par les gendarmes n'arrive à la cale en béton. Trois hommes se trouvaient à bord. Georges estima, d'après les galons, qu'il y avait là le commandant et un brigadier, le troisième étant le pilote du bateau. Celui-ci ne quitta pas le bord après avoir jeté les amarres et attaché la vedette à une bitte d'amarrage.

Georges s'avança et se présenta ainsi que Louanne.

— Commandant Romain Colas. Et voici le brigadier Thomas. Alors, expliquez-nous.

Georges expliqua sa mission, son attention attirée par l'aspect du terrain et leur macabre découverte. Il précisa :

— Le squelette ne correspond pas à un squelette ancien. Et puis, il y a ce foulard…

— Très bien, montrez-nous. Ce sera plus simple et plus rapide.

Ils remontèrent la cale. La camionnette du gardien de l'île attendait ces visiteurs particuliers. Ludo, gardien attitré, l'engagea sur le chemin qui longeait l'île. Ils dépassèrent le lazaret, qui avait occupé de multiples fonctions au cours des temps, depuis la quarantaine imposée aux marins venant du sud au début du XVIIIe et susceptibles de transporter la peste, puis comme casernement pendant la période révolutionnaire. Au XIXe, il devint laboratoire maritime. Au XXe, se succédèrent aérium, colonies de vacances et après 1945 un centre de rééducation pour « adolescents perturbateurs » qui ferma en 1984. Après sa fermeture, l'île et ses bâtiments vides furent pillés. Heureusement, les autorités prirent conscience de la valeur du site. Un garde s'installa sur l'île qui en 1990 fut affectée au Conservatoire du littoral. Celui-ci réhabilita le site et engagea de nombreux projets jusqu'à aujourd'hui.

Ils longèrent « la plaine », zone de nidification pour plus de 150 espèces d'oiseaux où les goélands surveillèrent leur passage de leurs yeux inquisiteurs et parvinrent en vue du fort et de la tour Vauban.

— C'est par-là, indiqua Georges en quittant les sentiers battus à l'ouest du fort non sans déranger quelques oiseaux qui hurlèrent leur mécontentement.

Ils arrivèrent devant le ruban tendu par Mik et Enzo qui s'avancèrent à la rencontre du petit groupe.

Les gendarmes demandèrent aux archéologues d'attendre en dehors du périmètre. S'il y avait matière à enquête, autant préserver la scène. Quand ils revinrent, ils annoncèrent :

— On va avoir besoin d'un légiste et de la police scientifique.

****

CHAPITRE 2

La nuit était tombée depuis longtemps quand la vedette de la SNSM ramena Bedel, le légiste de Cherbourg et Ludovic Ménard, chef de la police scientifique de Caen.

Entre-temps, les gendarmes aidés par les archéologues avaient monté des projecteurs prêtés par le Musée maritime et stockés habituellement dans le fort pour les célèbres Traversées Tatihou, festival de musique ayant lieu au mois d'août.

La lumière jouait avec les ombres des remparts rendant le tableau fantasmagorique. Plus loin, la tour Vauban tenait son rôle de sentinelle veillant depuis 1694 sur la rade de la Hougue. Elle fut construite à la demande de Louis XIV par Benjamin de Combes, ingénieur de Vauban, après la tragique bataille de la Hougue qui eut lieu en 1692, et lors de laquelle les vaisseaux du vice-amiral de Tourville furent brûlés par la flotte anglo-hollandaise. Depuis, elle avait pour mission la défense de la côte avec sa sœur jumelle, la tour de la Hougue à Saint-Vaast. Plus loin encore, le fort de l'Îlet, maintenant réserve ornithologique, témoigne depuis plus longtemps encore de la nécessité de défendre la baie.

Ludo alla chercher le légiste et le scientifique à la descente de la vedette. Le pilote signala par radio l'arrivée des deux hommes au commandant Colas qui s'avança sur le chemin pour les accueillir.

Il les guida vers les lieux de la découverte, presque à la pointe du sentier des fortifications. Les présentations furent faites et les nouveaux venus, une fois équipés de façon stérile, se penchèrent sur le corps dont les os blancs semblaient absorber la lumière des projecteurs. « Avec leur tenue blanche et la lumière des projos, on dirait deux extra-terrestres du troisième type sortis de leur vaisseau », songea Mik féru de science-fiction.

Bedel grimaça :

— Ce n'est pas un corps pour un légiste ça ! maugréa-t-il, vaguement contrarié de s'être déplacé pour rien. C'est un anthropologue médico-légal qu'il vous faut… et ça ne court pas les rues !

— Tu peux peut-être quand même nous donner quelques indications, suggéra Ménard. Garçon, fille ? Âge ?

Bedel s'agenouilla au bord de la tombe et examina longuement le squelette. Si longuement que Colas s'impatienta.

— Pouvez-vous nous dire au moins depuis combien de temps il est là. Enfin, il ou elle.

Bedel se décida :

— Seule la fluorescence des os placés sous des rayons UV permettrait de situer la mort. Je parlerais en dizaines d'années. La conformation du squelette évoque un garçon. Un adolescent de moins de 20 ans.

L'étude des dents nous donnera plus d'indications. Peut-être Ludovic pourra être plus précis avec des analyses. Regardez. Il reste ce bout de tissu et puis… là sous le poignet. On dirait…

Il se munit d'une pince et tritura le sol.

— Une gourmette !

Déjà Ménard tendait une pochette à indice. La gourmette était noire et piquée de taches. Sur la plaque, on devinait des inscriptions actuellement illisibles.

— Je devrais pouvoir récupérer cela, affirma Ménard. Ce genre de gourmette était très à la mode dans les années 1970-1980. On en saura plus dès que je l'aurai nettoyée. Regardez ! Il y a ce morceau de foulard, mais aussi des débris de tissu autour du corps. Il a été enterré habillé. Par contre, je ne vois pas de chaussures. S'il les avait portées, on pourrait sans doute encore en voir des débris. Le cuir est plus solide que le tissu.

— Pour ce soir, je vous conseille de couvrir le corps et de le faire garder, proposa Bedel. Pas question que des animaux nocturnes viennent piquer un os ! Je vais rentrer à Cherbourg et faire venir l'anthropologue. Demain, on le sortira, mais je préfère que le spécialiste des os soit là, afin qu'il puisse précisément reconstituer le squelette sur la table d'autopsie. Peut-être voudra-t-il aussi faire des prélèvements sur place.

Ménard approuva.

— Je suis assez d'accord. Malgré les projos, on y verra mieux en plein jour. À une condition : que la météo soit bonne. Vous pouvez savoir ça, Commandant ? Sinon, j'y passe la nuit. Je n'ai pas envie que la pluie emporte les derniers indices qui pourraient subsister dans ce trou.

Colas consulta Météociel et la Météo marine, la plus fiable.

— C'est bon, assura-t-il. Pas de pluie cette nuit. Par contre, ça va cailler. Trois degrés seulement.

— Ça ne le dérangera pas ! fit Bedel cynique.

Le groupe au complet se retrouva au restaurant de l'hôtel, sauf le jeune gendarme qui resta de garde auprès du corps. Il serait relevé toutes les deux heures par un autre gendarme qui arriverait de Saint-Vaast. Tandis que Gaëtan, le jeune serveur, les installait dans une salle immense capable d'accueillir des groupes entiers, Bedel passa quelques coups de fil pour trouver l'anthropologue judiciaire. Il n'y en avait qu'une pour la région Normandie. Elle avait régulièrement des missions longues quand des restes humains étaient découverts sur des sites de batailles tristement célèbres comme les plages du débarquement et les régions limitrophes. Il finit par apprendre qu'elle travaillait dans la région d'Isigny-sur-Mer où un jeune couple venait d'acheter un terrain récemment inscrit au PLU pour construire la maison de leur rêve. Seulement les pelleteuses mises en action remontèrent assez vite des ossements. Les travaux arrêtés, un archéologue envoyé sur place décréta qu'il s'agissait là d'un charnier sauvage de la Seconde Guerre mondiale. Il fallait maintenant récolter les restes, les identifier et les rendre aux familles. C'était un des aspects du travail de Myriam Sorel, 39 ans, anthropologue judiciaire de son état. Quand Bedel l'obtint enfin au téléphone, elle souffla :

— Un corps à Tatihou ! Et tu ne peux pas t'en sortir tout seul ?

— Ce n'est pas mon boulot ! C'est récent et ici tout laisse croire qu'il s'agit soit d'une mort accidentelle camouflée, soit d'un homicide. J'ai besoin de données précises.

— Bon. Ça me fera prendre l'air. Demain neuf heures, ça ira ?

— Parfait. La vedette SNSM t'attendra à la capitainerie du port de Saint-Vaast. J'y serai aussi. On ira ensemble.

— Ça me convient. À demain alors !

Le cuisinier, un homme jeune et qualifié leur servit un en-cas, puis le commandant et le légiste rejoignirent la terre ferme. Gaëtan, qui détenait aussi les clés des chambres, en ouvrit une pour Ménard, tandis que les archéologues retournaient dans leurs quartiers. Tous dormirent du sommeil du juste sans se douter de ce qui les attendait le lendemain.

*

Ménard se réveilla à six heures. Un court instant, il se demanda où il était. Il faisait nuit noire et pas un bruit ne franchissait l'obscurité. La mémoire lui revint tandis qu'un premier cri de mouette transperçait la nuit.

Tatihou !

Il alluma, se leva et passa sous la douche. Ici, rien de luxueux, mais tout le nécessaire. Habillé, il jeta un œil à son portable. Une barre. Il semblait que le téléphone passait mieux du lazaret que depuis le bout de l'île. Il put consulter ses messages et prévint par SMS son collaborateur Luc Pasquier qu'il resterait sur l'île au moins pour la journée, le priant de traiter avec Ambre Bricart les affaires courantes.

Il avait faim et se dirigea vers le restaurant où il trouva porte close. Le petit déjeuner n'était servi qu'à huit heures. Personne en vue. Il décida de se rendre sur les lieux de la découverte. Un peu de marche ne lui ferait pas de mal. Il passait trop de temps assis devant son microscope ou ses appareils d'analyses et l'embonpoint, ennemi juré de la quarantaine, le menaçait ! Il laissa à sa gauche la maison du gardien où une faible lueur s'échappait par les fentes des volets clos.

Le jour se levait. Le soleil faisait des efforts désespérés pour franchir la ligne d'horizon, mais la nuit s'accrochait, aidée par des nuages bas et cotonneux. Le rouge striant le ciel était du plus bel effet. Ménard fit la grimace. « Rougeurs du matin, pluie en chemin » avait coutume de dire sa grand-mère détentrice de ce genre de proverbes paysans qui souvent se révélaient exacts.

Il longea la plaine où moutons et oiseaux se disputaient l'espace. Les moutons dormaient encore. Les oiseaux posés à même le sol s'envolèrent lourdement à son passage, lançant des cris glaçants. Ils étaient furieux d'être ainsi dérangés de si bonne heure et le faisaient savoir. Pour affirmer à l'intrus qu'ils étaient chez eux, certains le frôlèrent de si près, qu'il sentit le souffle de leurs ailes sur sa nuque. Instinctivement, il enfonça la tête dans ses épaules. Il s'arrêta et contempla le spectacle. Il n'était pas ornithologue, mais arriva cependant à distinguer plusieurs types de goélands, des argentés, des bruns, des marins. Il y avait aussi des sternes, plus petites, mais non moins vindicatives. Aigrettes et mouettes complétaient le tableau. Sous l'œil fouineur des huîtriers pie, toujours à la recherche de nourriture, des cormorans étendaient leurs ailes sur les rochers bordant la mer. Les pleurs glauques des goélands et les moqueries des mouettes évoquaient inévitablement le célèbre film d'Alfred Hitchock, *Les Oiseaux*. Malgré lui, il frissonna. Et si tous s'envolaient en même temps ? Et si tous attaquaient ? Il ne resterait de lui qu'un corps aux yeux crevés, abandonné sur un chemin caillouteux. Pas terrible. Il se raisonna. Les oiseaux n'attaquaient pas les hommes. En principe. Il accéléra le pas et, arrivé à la hauteur de la barrière en écharpe barrant le chemin, s'enfonça dans la plaine, en direction des rubalises.

Il constata qu'une tente avait été montée au-dessus du corps. Une autre, plus petite, abritait pour l'instant un jeune gendarme frigorifié qui, en s'engageant, n'avait pas dû imaginer qu'il aurait à monter la garde auprès d'un squelette dans un décor à la Hitchcock.

Ludovic Ménard s'annonça de loin, voulant éviter de surprendre le gendarme. Celui-ci apparut, sur le qui-vive.

Le scientifique se présenta tout en appréciant les dispositions prises par le commandant Colas. Le corps était protégé, et la tente à côté pourrait servir de pièce de travail.

— Content de vous voir, dit le gendarme.

— La nuit a été longue ?

— Malgré les relèves, un peu oui, mais c'est mon boulot. Ce sont ces oiseaux, ils me font flipper. On a toujours l'impression qu'ils ne vous quittent pas du regard et que…

— Je sais. J'ai eu la même impression en venant. Pas de problème majeur cette nuit ? demanda Ludovic Ménard certain d'obtenir une réponse négative.

— Majeur non, mais certainement quelque chose qui va vous intéresser.

— Quoi donc ?

— Vers deux heures, j'ai entendu fureter. J'ai aperçu un renard.

— C'est possible. À marée basse, l'île est accessible à pied. Pour les renards aussi. Et ce ne sont pas les lapins qui manquent ici si j'en juge par les crottes qui jonchent le sol. Qui dit proie, dit prédateur.

— Oui. Sauf que j'ai fait du bruit et qu'il a filé.

Ménard ne voyait pas l'intérêt de mentionner cet incident à moins que…

— Il a volé un os ? C'est ça ?

— Non. Il en a apporté un.

****

CHAPITRE 3

La vedette de la SNSM accosta à neuf heures dix et débarqua gendarmes, légiste et anthropologue sur la cale en ciment. Ménard les attendait au lazaret. Tous s'attablèrent devant un petit déjeuner composé de café, de pain et de croissants frais. Les trois archéologues déjeunaient à une table un peu plus éloignée, mais leur silence prouvait qu'ils tentaient de capter la conversation des officiels.

Le gendarme de garde avait été relevé et profitait, lui aussi, de cet en-cas bien mérité après une nuit glaciale et les émotions qui l'avaient étreint au cours de ces longues heures.

— Êtes-vous certain que ce nouvel os n'a pas été volé sur le corps déjà mis au jour ? demanda Myriam.

— Certain. Je n'ai pas quitté des yeux le trou où repose le corps. Le renard a fui quand il m'a entendu et a lâché l'os que j'ai remis au commandant Ménard. Il a eu l'air d'avoir du regret, a failli faire demi-tour, mais j'ai crié et il a détalé.

Ménard ajouta :

— Je ne suis ni médecin ni anthropologue, mais j'ai quand même quelques notions d'anatomie. À la suite du rapport du gendarme Thomas, je suis allé revoir le squelette. À mon avis, il n'y manque rien sauf peut-être des petits os des mains et des pieds. Mais pour moi, les principaux sont là. Or le trophée du renard n'a rien de petit !

Myriam quitta son croissant comme à regret et se pencha sur une table voisine où l'os trônait, tel un trophée sur son présentoir.

Elle tourna autour, sortit une loupe de sa mallette, l'observa longuement et finit par annoncer :

— C'est un radius, os de l'avant-bras. On y voit des traces de rognures. Il a sans doute été rongé, peut-être par votre renard. Il ne garde aucune trace de chair ou de ligaments. Il appartient à un ou une adolescente. Je dirais entre 15 et 18 ans. S'il ne manque pas sur le squelette « protégé », alors il y a d'autres restes humains quelque part sur cette île. Il est temps de nous rendre sur le terrain.

Ludo, le gardien, dut faire deux voyages pour emmener tout ce monde et leur matériel.

Le gendarme Thomas avait repris son poste et de toute évidence se caillait malgré sa veste polaire. Il apprécia les Thermos de café apportées en vue des longues heures de travail à venir. Sorel entra la première sous la tente. Dans la seconde qui suivit, elle annonça :

— Vous pouvez commencer à chercher l'autre corps. Il ne manque pas de radius à celui-ci.

Tous se regardèrent consternés. Que s'était-il passé sur Tatihou ?

*

Il fallut la journée pour que Ménard puisse recueillir tous les restes de tissu et en particulier le foulard, mais aussi quelques cheveux. Ensuite, les os furent numérotés, cartographiés quant à leur position exacte sur le terrain, puis transférés précautionneusement dans des boîtes numérotées, elles aussi. Le tout serait amené dans les locaux de l'hôpital Pasteur à Cherbourg où Bedel et Sorel reconstitueraient le puzzle et lanceraient des analyses, notamment sur les dents à la recherche d'ADN. Il s'agirait aussi de tenter de déterminer les causes de la mort en observant chaque os à la recherche de traces de traumatisme.

Pendant ce temps, le commandant Colas mit les archéologues au courant de la situation. Réunis dans le restaurant du lazaret, il leur fit la proposition suivante :

— Le commandant Ménard fait venir de Caen un scanner mobile capable de repérer un corps enterré. Mais cela va prendre du temps, surtout si le second corps se trouve loin du premier. L'île n'est pas immense, certes, mais s'il faut scanner chaque centimètre de ses quasiment 29 hectares, on n'est pas près d'avoir des résultats. Si je me souviens bien, c'est votre œil d'expert qui a su différencier le terrain et attirer votre attention, dit-il à Georges Lemarchand pas peu fier qu'on ait besoin de lui.

— C'est vrai. Je peux arpenter l'île, mais je ne vous assure rien. Comme vous dites, c'est vaste, et la nature fait son travail. Rien ne prouve que le second corps produira les mêmes effets sur la surface que le premier. Il suffit qu'il soit dans un trou…

— Je sais tout cela. Essayez quand même. Du moins, tentez de repérer des endroits plus « favorables » que d'autres. On y passera le scanner pour affirmation ou infirmation avant de creuser. Si vous trouvez, j'aurai encore besoin de vous. Vous avez la technique pour déterrer des os sans les abîmer. Le commandant Ménard ne pourra pas tout faire seul et je ne peux pas assigner des hommes à cette tâche. Si j'en demande, ils vont m'en envoyer, mais quand, Dieu seul le sait ! Comme il s'agit de squelettes anciens, ils auront obligatoirement des choses plus urgentes à traiter. Or vous, vous êtes sur place et qualifié.

— OK. Je cherche, après on verra bien. Allez les jeunes, on y va !

Les archéologues allèrent se préparer et Colas s'en fut annoncer son stratagème pour gagner du temps auprès des médecins et du scientifique.

Tous approuvèrent sans lever le nez de leur tâche. Pour seize heures, les restes étaient emballés, les indices trouvés sur et autour du corps dans des sachets papier, le plastique ayant tendance à perturber l'ADN, scellés et prêts à partir au labo de Caen avec Ménard. Par contre, les archéologues n'avaient pas trouvé trace d'une autre tombe sauvage. Malgré leur bonne volonté, ils n'étaient pas parvenus à parcourir toute la surface de l'île en si peu de temps. Il fut décidé que les autorités rentreraient après un en-cas bien mérité. Colas attendrait des nouvelles des archéologues, le légiste et l'anthropologue feraient l'analyse du squelette dès le lendemain matin. Ménard attaquerait les examens des indices relevés sur le terrain en attendant la mise à disposition du scanner. Il espérait l'avoir au plus tôt le surlendemain. Il ne restait qu'à attendre les différents résultats.

*

Sans être directement impliqué, Ludo, le gardien de l'île, avait suivi les événements avec une attention particulière. Grand, costaud sans être gros, il avait l'allure d'un aventurier au grand cœur. On l'imaginait bien en brousse avec son short, ses Rangers et son T-shirt kaki. La différence ici à Tatihou en ce mois de mars, c'était la polaire en plus. Indispensable vu le vent de nord-est qui soufflait apportant des températures glaciales. L'allure décontractée et sympathique était renforcée par une tignasse grisonnante gardant quelques reflets blonds d'une jeunesse décidée à s'éloigner. La barbe dissimulait une mâchoire forte, signe d'un caractère affirmé tandis que la moustache encore d'un joli blond vénitien cachait mal un sourire franc. Les yeux bleus rayonnaient d'une certaine douceur. Un homme gentil, mais à qui on n'avait pas envie de raconter de mensonges. Apprécié de ses supérieurs, craint des touristes indélicats et adoré des enfants venant en stage scolaire sur l'île, il en connaissait tous les recoins et tous les secrets. Cela faisait plus de dix ans qu'il occupait le poste et n'avait jamais entendu parler de disparus sur Tatihou. Du moins dans les dernières années. Seulement l'histoire de ce morceau de Normandie remontait bien plus loin que les souvenirs de Ludo. Il décida de mener sa propre enquête. D'abord, cette nuit sur le terrain. Précédemment, il avait recensé deux familles de renards sur l'île.

Une au sud-est avait un terrier sous les remparts du fort. Dans un coin où les touristes n'avaient pas accès. Pour trouver la tanière de Goupil appelée aussi renardière, il lui avait fallu beaucoup de patience. C'est en repérant leurs crottes sur le chemin de ronde qu'ils empruntaient la nuit qu'il avait pu, grâce à des jumelles de vision nocturne, d'abord repérer la première famille puis la localiser. Pour la deuxième, cela avait été plus long. Elle squattait un talus derrière l'amas rocheux à la pointe de la plage située au nord-ouest. Mais les renards sont comme tout le monde, ils doivent manger. Souvent, ils s'attaquent aux lapins, ce qui est un bienfait pour l'île truffée de terriers, mais aussi parfois aux oiseaux.

Un amas de plumes dispersées au vent lors d'une de ses rondes avait alerté le gardien. Après une nouvelle période d'observation rendue difficile par le manque de végétation dans cette partie de l'île, ce qui limitait les endroits où se cacher, il avait enfin repéré celui qui n'avait cure de savoir qu'il habitait dans une réserve ornithologique. Pour lui la plaine s'étendant derrière chez lui avait tout d'un garde-manger. Pourtant, il avait intérêt à se méfier, car un goéland en colère…

Ludo décida de commencer par la renardière du fort. Elle ne se situait pas loin de l'endroit où les archéologues avaient trouvé le premier squelette. S'il devait y en avoir un autre, il supposait que cela pouvait être dans le même coin.

Demain matin, avec ou sans résultat, il irait aux archives. Cette histoire l'intriguait et à en croire l'anthropologue, ce n'étaient que des gamins…

Quelle tristesse ! Il fallait les identifier et rendre les corps aux familles si elles existaient encore.

Il s'équipa et alla rejoindre sa planque, une petite construction à l'intérieur voûté, noyée dans les ronces juste après le tunnel menant des poudrières au chemin de fortification. Sur un des murs, un amoureux peu respectueux du patrimoine national avait dessiné un cœur barré d'une flèche. On pouvait y lire le nom de la bien-aimée qui l'avait sans doute plaqué. Comme à chaque fois qu'il venait ici, Ludo pensa qu'il faudrait bien un jour rechauler ce mur. Mais il manquait de temps. On ne peut pas être partout à la fois ! Il s'installa dans le silence de la nuit et attendit. Pas longtemps. Le bruissement des branches l'avertit de la présence animale. Il braqua ses jumelles vers l'escalier qui menait au chemin de ronde. Dans les fourrés, il eut juste le temps d'apercevoir une magnifique queue touffue qui s'éloignait. Juste derrière, la renarde fidèle suivait, le ventre alourdi par une portée conçue sans doute en janvier ou début février. Dans quelques jours, elle mettrait bas. Cela risquait de poser des problèmes. L'île devait avant tout rester une réserve ornithologique et non un garde-manger pour des familles entières de renards. Si les choses continuaient ainsi, il devrait avertir ses supérieurs. Eux prendraient les décisions nécessaires. Mais ce n'était pas son but ce soir. Les canidés éloignés, il s'approcha de la tanière. Un vrai numéro d'équilibriste ! Il n'avait pas quatre pattes et un sens de l'équilibre moins affirmé que celui des renards. Dans le fouillis d'arbrisseaux, de ronces et de lierre qui protégeait la tanière creusée dans la pente séparant le haut du fort et le sentier, il se lacéra les jambes et jura. Enfin, il trouva l'endroit. Il braqua une puissante lampe torche et jura encore. Il y avait là des os de lapins et d'oiseaux, mais aussi un magnifique fémur ! Il s'en empara et retourna à sa planque. Ce que voudraient savoir les flics, c'était d'où venait cet os. D'après lui, il ne pouvait venir de loin. Un fémur est long et encombrant dans la gueule relativement fine et petite du renard. Il ne pouvait pas l'avoir trimballé sur des kilomètres. Il fallait concentrer les recherches autour du fort. Il en parlerait aux archéologues. Il eut beau attendre, il ne revit pas les renards cette nuit-là. À six heures, il reprit le chemin du lazaret, le fémur sous le bras. Il s'accorda deux heures de sommeil et à huit heures et demie rejoignit les archéologues qui prenaient leur petit déjeuner avant de se lancer dans un nouveau quadrillage du terrain.

— Messieurs, Mademoiselle, voilà de quoi orienter vos recherches, dit-il en posant délicatement le fémur à côté d'une tasse de café fumante.

— Merde Ludo ! Où as-tu trouvé ça ?

Il leur fit le rapport de sa nuit, en trichant un peu. Il ne dévoila pas le lieu de la tanière. Il situa simplement sa trouvaille dans la zone, assurant, ce qui n'était pas mentir, que le renard l'avait apporté et qu'il fallait donc, à son avis, concentrer les recherches dans ce coin de l'île. Georges Lemarchand approuva. L'équipe se mit en marche une demi-heure plus tard, tandis que Ludo poussait la porte des archives. Il avait sa petite idée.

****

CHAPITRE 4

Enfermé dans les archives, Ludo n'avait pas vu passer la matinée. À midi il bâilla, la bouche grande ouverte. Il devrait faire une sieste s'il voulait pouvoir assurer ses rondes de nuit sans piquer du nez ! Il se demanda si les archéologues avaient trouvé quelque chose, mais n'avait pas perçu d'agitation particulière à l'extérieur. De plus, si les gendarmes étaient revenus, il aurait été appelé pour les conduire sur le lieu de la découverte. Il regarda sa montre et décida qu'il était temps d'aller manger. Il jeta un œil par la fenêtre pour constater que le ciel bas et chargé n'allait pas tarder à libérer des litres de pluie. Il s'équipa d'un ciré jaune et se rendit au restaurant où ça sentait bon le poulet rôti. Il n'y avait que les archéologues et le personnel administratif installés à table. Pas de scolaires ni de CE aujourd'hui. C'était encore un peu tôt dans la saison. En mai-juin, ce serait une autre histoire. Le restaurant grouillerait de bouches affamées qui parleraient autant qu'elles avaleraient dans un joyeux tohu-bohu. Ludo rejoignit les archéologues à leur table. À celle d'à côté s'installèrent la secrétaire et le personnel de maintenance.

— Alors ? Vous avez trouvé quelque chose ? demanda Ludo à Georges Lemarchand.

— Je ne suis pas certain. J'ai un doute. Ce n'est pas évident. Avec le scanner, ce serait nettement plus facile ! On ne va pas transformer l'île en gruyère chaque fois que je me pose une question !

— Si le renard a trouvé, cela veut dire que les restes doivent être en partie déterrés ou, en tout cas, éparpillés sur une surface plus ou moins grande. Il n'aurait pas sorti deux os et soigneusement refermé la tombe !

— C'est sûr, fit Lemarchand mi-figue mi-raisin, furieux contre lui-même d'avoir continué à chercher des différences dans le terrain et non de la terre grattée et retournée. Et toi ?

— J'ai repris l'histoire de l'île sur les cent dernières années. La légiste, elle a bien dit qu'il s'agissait d'un adolescent et que les os n'étaient pas très vieux ?

— L'anthropologue.

— C'est la même chose !

— Presque ! Et alors ?

— Alors ? Début des années 1900, c'était le laboratoire maritime. Il n'y avait que des adultes. Après pendant la Première Guerre, il y a des internés.

— C'est quoi ça ? demanda Louanne.

Mik et Enzo la regardèrent avec commisération.

— Tu n'as pas étudié l'histoire de l'île avant de venir ?

— Vaguement. Mais la guerre moi, tu sais…

Ludo ne se formalisa pas et expliqua :

— En 14-18, Tatihou était un camp pour « indésirables », en quelque sorte ceux qui pourraient pactiser avec l'ennemi allemand : des Allemands bien sûr, mais aussi des Autrichiens et des Hongrois, puis même des Alsaciens qui résidaient dans l'Ouest de la France. Il y avait des familles, donc peut-être des adolescents, mais pour moi, ce n'est pas assez récent !

— C'est évident !

Ludo ne se formalisa pas et continua :

— Après, il y a eu l'Ermitage, un aérium pour enfants malades. Ils étaient issus de familles défavorisées, mais surtout c'étaient de jeunes enfants dont on voulait pousser la croissance grâce au bon air. Pas des adolescents. Et ce n'est pas récent non plus ! Des jeunes adultes faisaient partie du personnel. Là, il y a une possibilité, mais avec ce foulard… ça m'étonnerait. Après, en 1936, c'étaient des réfugiés de la guerre civile espagnole. Il y avait des familles, donc des jeunes, mais ils ne restèrent pas longtemps. Pendant la Seconde Guerre, du moins au début, il y avait encore l'aérium mais vu les risques de bombardements, ils ont évacué en 1942. Toujours que des petits. La suite me semble plus plausible : en 1948 une « maison d'adolescents perturbateurs » a été ouverte. On y prônait l'éducation des délinquants plutôt que la correction. Celle-ci a fonctionné jusqu'en 1984. Voilà qui me semble plus récent. Et tout aussi intéressant, les éducateurs portaient des noms hérités de totems scouts. Vous voyez éventuellement la relation avec le foulard ?

— Tu crois qu'il pourrait s'agir d'un de ces jeunes ?

— Pas impossible. Ensuite, il y a eu des colonies pour jeunes diabétiques. Des enfants et des adolescents accueillis en juillet et août. Après la fermeture de ces différents centres, l'île a attiré l'attention d'un conseiller départemental. S'ensuivent quelques années d'abandon, puis elle a été affectée au Conservatoire du littoral. Elle a évolué jusqu'à ce qu'on connaît aujourd'hui.

— Mais ces corps peuvent appartenir à n'importe laquelle de ces catégories. Sans compter que pendant les années où l'île était à l'abandon, il a pu se passer n'importe quoi…

— C'est vrai. Mais voilà…

— Voilà quoi ?

— Il y a des listes d'élèves. Si j'arrive à trouver des notes comme quoi l'un ou l'autre aurait disparu…

— Tu rêves !

— Il y en a bien qui signalent des tentatives de fugues, je ne les ai pas retrouvées aujourd'hui, pas eu le temps, mais bon…

— Ouais.

Lemarchand était sceptique. N'importe qui pouvait venir sur l'île à pied à marée basse. On pouvait aussi imaginer deux jeunes en vadrouille qui auraient fait une mauvaise rencontre.

Il garda ses réflexions pour lui. Tant mieux si Ludo trouvait quelque chose, sinon les deux corps rejoindraient sans doute la masse anonyme des quelques 10 000 disparus annuels dont les familles n'ont jamais de nouvelles.

Ils finirent leur repas par une tarte aux pommes et un café. De quoi tenir l'après-midi pour les archéologues. Ludo alla faire sa sieste pour être en forme pour sa garde de nuit. Une pluie glaciale se mit à tomber.

*

Bedel arriva à la morgue à neuf heures. le service n'était pas en effervescence. La nuit avait été calme. Pas de noyé ni de tué sur la route, pas de suicide, pas de crime ou de viol. Il allait pouvoir mettre un peu d'ordre dans ses papiers en attendant Myriam Sorel. Il eut un sourire satisfait. Arrivée à Cherbourg, une fois dans le bureau de Bedel, l'anthropologue avait perdu ses airs un peu bourrus qu'elle arborait à Tatihou. Les boîtes numérotées installées sur la paillasse de la salle n° 2, elle avait décrété que la remise en ordre des os pouvait attendre le lendemain matin. Puis, mine de rien, elle avait posé des questions personnelles au légiste. Du genre : ta femme t'attend ? Où habites-tu ?

Bedel n'était pas idiot. De plus, il était en manque de sexe. Pas d'amour, mais de sexe. Fraîchement divorcé, habitant seul, même si celle qu'il avait en face de lui n'avait rien d'une Miss, elle n'était pas désagréable à regarder. Une fois débarrassée de ses vêtements de travail, il la soupçonnait même d'avoir un corps tentant. Deux adultes consentants face à face. Il n'avait pas été long à l'inviter chez lui. La nuit avait été agitée. Myriam s'était révélée une maîtresse exigeante et dominatrice. Il n'avait pas l'habitude de ce genre de femme, mais s'était livré au jeu avec plaisir. Après tout, elle ne lui demandait rien d'autre qu'une nuit. Elle dormait encore quand il avait quitté l'appartement. Il avait réglé le réveil à neuf et laissé un mot sur la table : « Ferme à clé et rejoins-moi à 10 h » et il avait spécifié comme si c'était utile « pour le boulot ».

Il avait le nez dans ses rapports quand à dix heures tapantes la porte de son bureau s'ouvrit :

— Bonjour docteur Bedel. On s'y met ?

S'il avait un instant pensé qu'il pouvait s'attacher à cette femme, le regard froid et l'attitude glaciale auraient douché cet espoir à peine effleuré.

— Tout va bien ? ne put-il s'empêcher de demander, son orgueil de mâle à la recherche d'un compliment sur la nuit passée.

Elle eut l'air surpris.

— Très bien, pourquoi ? On se met au boulot ? Parce qu'il y en a pour quelques heures à refaire le puzzle de ce gamin.

Bedel dut admettre qu'il n'avait servi que de godemichet et cela le mit de mauvaise humeur.

Pas même un petit corps à autopsier pour échapper à la mante religieuse ! Il fallait qu'il s'y colle.

Ils travaillèrent jusqu'à quatorze heures à reconstituer le squelette. Il ne manquait pas grand-chose. Un os scaphoïde et des phalanges de la main droite, le premier métacarpien de la main gauche ainsi que les phalanges distales. Des métatarsiens du pied gauche, le naviculaire et le cunéiforme médial du pied droit. Le corps, lui, était complet et le crâne intact.

— Je vais pouvoir commencer les analyses et tenter de trouver la cause de la mort. J'ai ma petite idée là-dessus.

— Moi aussi, dit Bedel qui ne voulait pas être en reste.

Il désigna une trace profonde sur la sixième côte gauche.

— D'après moi, un coup de couteau. Et vu l'entaille, pas n'importe lequel. Un couteau avec une lame assez longue pour perforer le poumon et atteindre le cœur.

— Bien vu. On va faire un moulage. On pourra peut-être identifier le type de couteau.

Elle continua :

— Je confirme ma première impression. Un individu de sexe mâle, entre 14 et 16 ans. La dégradation du squelette me fait dire qu'il doit reposer là depuis moins d'un demi-siècle. Je dirais entre trente et quarante ans.

Myriam prit l'empreinte, puis scia un fémur. Elle le plongea dans une marmite d'eau bouillante pour éliminer tout organisme parasite comme des micro-algues ou des champignons. Ensuite, elle le passa dans un robot broyeur pour le réduire en poudre.

— Tu ne ferais pas mieux dans ta cuisine ! ironisa Bedel.

— Mais je suis une excellente cuisinière ! Je te montrerai un jour.

Elle s'appliqua ensuite à décalcifier la poudre qui serait confiée à une machine sophistiquée pour l'extraction de l'ADN.

— Vu l'âge de l'os, il nous faudra une amplification par PCR (Polymerase Chain Reaction). Sinon, le séquençage sera trop faible.

Bedel approuva. Ce n'était pas son boulot. Quand il avait des échantillons ADN à identifier, il les confiait aux scientifiques dont c'était la spécialité. Il avait bien assez à faire avec les autopsies.

Sorel s'attaqua ensuite aux dents qu'elle scia pour en extraire le bulbe et de là, l'ADN pour confirmer les premières analyses.

Il était vingt heures quand elle termina. Bedel était depuis longtemps retourné à ses rapports. Il attendait qu'elle ait fini pour fermer la morgue.

Elle sortit douchée et pimpante. L'avantage de son métier, songea Bedel, c'est qu'elle ne pue pas la mort.

— On va chez toi ? suggéra-t-elle. J'extrairai l'ADN du radius isolé demain. J'ai eu ma dose pour aujourd'hui !

Il en oublia ses rancœurs du matin.

****

CHAPITRE 5

Le commandant Colas avait reçu un mail du légiste tard le vendredi soir, l'informant que le corps déterré était de sexe masculin, âgé de 14 à 16 ans et enterré depuis une quarantaine d'années. Plus précisément entre trente et quarante ans. Plus grave, des traces sur les os suggéraient un meurtre. Un gamin tué à Tatihou à coups de couteau. Cela nécessitait une enquête. Un crime, même ancien, ne pouvait pas rester impuni. Et qu'en était-il de la deuxième personne dont on avait retrouvé le radius et le fémur ? Assassinée, elle aussi ? Pas de réponse à cette question, mais les probabilités que ces deux affaires soient liées lui semblaient évidentes.

Ce samedi matin, fort de ces renseignements, il décida de se mettre au travail de son côté. Rien d'important ne s'étant produit dans la région, il avait laissé à son second le soin de traiter les affaires courantes pour se plonger dans les archives. Il ne découvrit rien impliquant une ou des disparitions sur Tatihou dans les ordinateurs. Rien d'étonnant à cela si les faits étaient anciens comme l'avaient laissé entendre Bedel et l'anthropologue. Il ne restait qu'à vérifier dans les archives papier. Il descendit au sous-sol de la gendarmerie où une vague odeur de papier humide et moisi lui saisit la gorge. Il toussota et se sentit découragé avant de commencer. Des rayonnages entiers de dossiers, de cartons, parfois de simples chemises, contenaient des centaines de milliers de papiers. Il ôta sa veste, se retroussa les manches et tenta d'être logique. Les dossiers étaient classés par dates uniquement. S'ils l'avaient été par lieu, les choses auraient pu être plus faciles, mais ce n'était pas le cas. Une idée lui traversa l'esprit : peut-être que les affaires non résolues étaient classées à part. Ce serait logique. Or la découverte du corps et des os retrouvés grâce au renard impliquait forcément que si dossier il y avait, il n'avait pu être résolu à l'époque. Il fit un tour d'horizon, ouvrit quelques dossiers, tous classés. Enfin, au bout du sous-sol, sur une étagère métallique branlante, il dénicha des cartons portant tous un gros point rouge. Ce signe distinctif ne se retrouvait pas ailleurs. Qu'avaient-ils de particulier ? Il se saisit du premier carton qui lui tomba sous la main, l'ouvrit et découvrit une affaire de vol d'huîtres classée sans suite. Dans un autre, il s'agissait d'un cambriolage du bureau d'un camping à Barfleur, dans un autre encore, une sombre histoire de mœurs. Toutes avaient la même particularité, elles n'avaient pas été résolues, il n'y avait que des victimes, pas de coupables. Il avait trouvé les « cold case ». Il ne restait plus qu'à les étudier les uns après les autres avec l'infime espoir de trouver un indice le mettant sur la piste du corps ou des corps de Tatihou. Après trois heures de recherches, il poussa un cri de victoire. Il les tenait ! À cet instant son téléphone sonna dans sa poche.

*

Il avait plu toute la nuit et à part ses rondes obligatoires, Ludo avait eu le temps de se consacrer à ses recherches. Vers cinq heures du matin, il trouva quelque chose d'intéressant. Après la fermeture du centre de rééducation en 1984, furent organisés des camps de vacances pour les « anciens[1] ». Un groupe d'une dizaine de pensionnaires du centre se retrouvait chaque année, d'abord au mois de juillet puis plus tard en mars, pour une quinzaine de jours de vacances. Cette tradition tint pendant environ six ans jusqu'à ce que le lazaret soit réservé pour des colonies d'enfants diabétiques. Après 1990, il n'y avait plus traces de ces réunions annuelles. Cependant, les archives gardaient des papiers concernant ces colonies de vacances un peu particulières. Les périodes et surtout les noms des pensionnaires. C'est là qu'il trouva. Deux noms surlignés en rouge avec une mention qui attira son attention : « Disparus ». Satisfait, il alla se coucher, il appellerait le commandant Colas le lendemain.

Seulement sa matinée ne se passa pas comme prévu. À neuf heures et demie, on vint le réveiller. Le berger avait voulu récupérer ses brebis. Il les avait chargées dans une remorque attelée à un tracteur et voulait profiter de la marée basse pour les ramener à la bergerie.

---

1. Si le reste de l'histoire de Tatihou est vrai, ce camp de vacances sort de l'imagination de l'auteure.

Malheureusement, il s'y était pris un peu tard et le tracteur s'était enlisé dans les vases découvertes par la marée. La remorque s'était couchée et les brebis étaient prisonnières de l'estran qui à chaque instant diminuait. Ludo était appelé en renfort. Il était urgent de récupérer les animaux qui risquaient la noyade. Mais il n'est pas facile de faire comprendre à une brebis, animal particulièrement obtus, qu'on agit pour son bien. Celles bloquées par la vase finirent par se laisser attraper, mais une brebis en particulier donna du fil à retordre à ses sauveurs, s'enfuyant chaque fois plus loin alors que les hommes s'apprêtaient à lui mettre la main dessus. Enfin à midi, tous les animaux étaient sains et saufs et la marée, indifférente aux soucis des hommes et des bêtes, était haute.

Quand Ludo rentra au lazaret, il était midi passé. Il prit son téléphone et appela le commandant Colas.

*

De son côté, Ludovic Ménard n'était pas resté à rien faire. Ce vendredi matin, une fois les quelques cheveux envoyés à l'ADN, il avait lancé les analyses des indices ramassés dans et autour du squelette non identifié. D'abord, la gourmette. Il la mit à tremper dans une solution acide qui allait la décaper de ses souillures et de son côté « piqué ». C'était une gourmette en métal ordinaire, pas en argent. Mais en y réfléchissant, il se dit que si elle appartenait à un jeune d'une des colonies ou du centre de rééducation, cela n'avait rien d'étonnant. Ces gamins n'étaient pas issus de milieux aisés et ne devaient donc pas posséder de gros moyens. Pendant que l'acide agissait, il s'intéressa au foulard. Du coton de petite qualité, teint pour moitié en jaune, pour moitié en vert. Voilà qui faisait penser à des scouts. Des lettres apparaissaient sur le tissu. Très effacées, il s'efforça de reconstituer le mot qui tentait d'apparaître, maintenant que la terre et les salissures avaient été enlevées. Il déchiffra facilement l'article : *Les*. Le mot qui suivait fut plus difficile à reconstituer. Deux boucles ouvertes à gauche, puis ce qui semblait être un L et un A. Le I qui suivait put s'identifier grâce à son point. Ensuite venait une barre droite accompagnée d'une seule boucle en haut de la barre. Trois barres horizontales lui firent penser à un E. Le triangle sans base qui suivait pouvait être un A. Un signe curve lui inspira le U. La dernière lettre était quasiment effacée. Il contempla les lettres, laissant son esprit vagabonder, sans chercher à identifier le mot. Il savait que s'il se braquait, il ne trouverait pas. Des scouts, des totems, des camps, la nature… Le mot jaillit devant ses yeux aussi clairement que s'il avait été écrit noir sur blanc : *Les Blaireaux*. Drôle de nom pour des participants à un camp scout ! Certes, dans la littérature, le blaireau évoquait plutôt la sagesse, le courage, mais aussi la combativité. Et puis, il y avait cette expression qui tenait plutôt de l'insulte « Blaireau, va ! », courante dans l'armée où il avait fait ses classes et qui désignait un naze, un nul. Fallait-il y voir un message ? Il s'intéressa à l'histoire de l'île, mais n'y trouva pas de passage de camps scouts.

À cet instant, le maire de Caen l'appela. Un jeune gendarme de 24 ans de la caserne Le Flem venait de se suicider chez lui avec son arme de service. Du moins c'est ce qui était supposé. Il fallait une analyse immédiate de la scène pour éliminer tout soupçon de meurtre ou d'attentat. Ménard y retrouva Joël Bricart, major de gendarmerie, chargé de superviser l'enquête avec qui il avait l'habitude de travailler et époux de son assistante Ambre. Avec son équipe, composée de Ambre Bricart et Luc Pasquier, ils y passèrent l'après-midi et une bonne partie de la nuit. Ils terminèrent le travail, démoralisés. Combien de ces jeunes flics, super-motivés quand ils sortent de l'école de police, craquent au bout de quelques années sur le terrain ? Soixante-huit cas recensés en 2017. Une hécatombe. Ménard appelait ça des meurtres indirects. Des gamins envoyés sans expérience dans les quartiers les plus difficiles où ils subissaient caillassages, insultes et jets d'objets divers par des dealers qui se font en deux jours ce qu'un policier gagne en un mois. Certains étaient suivis jusque chez eux, menacés ainsi que leur famille. Comment tenir dans ces conditions ? Les moyens mis à leur disposition sont souvent dérisoires et, s'ils se défendent, ils sont accusés au mieux de racisme, au pire de meurtre et se retrouvent à leur tour en garde à vue. Et tout cela pour un salaire de misère : à peine 1 500 euros alors qu'il en faut déjà 600 à 700 *a minima* pour se loger. Quand les autorités supérieures comprendraient-elles que dans la police, comme dans l'enseignement d'ailleurs, les secteurs les plus durs devraient être confiés aux fonctionnaires les plus expérimentés et non le contraire ?

Même s'il savait son opinion partagée, il la gardait pour lui. Devoir de réserve oblige et l'IGPN ne fait pas de cadeau !

Le gamin s'était bien suicidé. Il rentra chez lui le moral en berne. Une surprise l'y attendait.

*

— Fred Jumet ! Qu'est-ce que tu fous ici ?

— Et toi ? C'est à cette heure-ci que tu rentres ?

Les deux hommes se firent une franche accolade, heureux de se retrouver.

— Comment es-tu entré ?

— Ta voisine a une clé et elle me connaît. Elle sait que je dors ici quand je suis sur Caen.

— Super ! On entre ici comme dans un moulin, plaisanta Ménard. Ça ne me dit pas ce que tu fais ici ?

— Pas grand-chose. Je dois aller sur Cherbourg superviser la réorganisation d'un commissariat. J'avais décidé de saluer mes potes au passage. Mais toi et Bricart vous étiez partis, je me suis donc dit que j'allais t'attendre, mais si je dérange…

Le ton restait badin.

Puis plus sérieusement :

— T'as pas l'air en forme.

Ménard raconta son après-midi et finit par :

— Joël était là aussi. Je lui ai proposé d'aller boire un verre, mais Ambre avait envie de rentrer. Ce n'est plus comme avant quand il était célibataire !

— Le poids du mariage, ironisa Jumet. Il y trouve sans doute son compte, surtout depuis la naissance du petit. Mais c'est vrai qu'il manque à nos retrouvailles ! Tant pis. On refera le monde sans lui.

Devant un verre, ils refirent la police, la gendarmerie, la PTS puis enchaînèrent sur la France puis le monde. Tout irait tellement mieux s'ils étaient aux commandes !

Ils se couchèrent à quatre heures du matin.

Ménard émergea le premier à neuf heures. Il alla secouer Jumet dans son canapé et fit du café.

— Il faut que je me bouge. J'ai des analyses à finir.

— Tu travailles sur quoi ?

Ménard expliqua : Tatihou, les squelettes.

— Intéressant ça ! Je peux venir au labo avec toi ? demanda Jumet, son instinct de chasseur éveillé par ce mystère.

Il poursuivit :

— Le travail administratif, c'est bien, mais ça me gonfle !

— Tu ne vas pas regretter qu'un tueur ne sévisse pas dans le coin !

— Non, bien sûr. Mais le terrain c'est mon élément. Je préfère une affaire ancienne à rien du tout !

— Alors, allons-y.

*

Un petit coup de brosse métallique et la gourmette révéla un prénom : Florent.

Pas de réponse de l'ADN, c'était beaucoup trop tôt.

Restait le foulard et son inscription : *Les Blaireaux*.

— On n'a pas grand-chose.

— Tu dis que c'est la gendarmerie de Saint-Vaast qui est saisie.

— C'est la plus proche de l'île.

— OK. J'appelle Bricart. Les gendarmes, c'est sa partie. J'ai bien envie de faire un tour là-bas.

****

CHAPITRE 6

Le commandant Colas avait reçu trois coups de fil en dix minutes. Bedel d'abord. Il semblait que le fémur et le radius aient appartenu plutôt à une fille, mais sans autre os ni analyses ADN, cela demandait à être certifié. L'anthropologue retournait à ses soldats en attendant d'autres découvertes. Le coup de fil suivant venait de Ludo. Il ne faisait qu'affirmer ce qu'il avait lui-même découvert aux archives papier. Enfin, le troisième et dernier coup de fil émanait de la scientifique, mais pas seulement. Si Ménard lui avait confirmé deux éléments qu'il possédait déjà, un commandant de police de ses amis s'intéressait à l'affaire. Un certain Jumet dont le nom résonnait dans la mémoire de Colas.

Même s'il n'était pas à Saint-Vaast à l'époque, il n'avait pas échappé au récit de ses collègues concernant le trio atypique qui avait enquêté sur les corps énucléés retrouvés sur la commune puis sur l'affaire des prostituées de Cherbourg[1]. Parmi eux, le fameux

1. *Au fil du sang* et *Redoutable,* de la même auteure, aux Éditions Epona.

Fred Jumet, secondé par une profiler, Laura Claes, et un de ses supérieurs hiérarchiques, le major Joël Bricart.

— Vous avez du neuf ? lui avait demandé celui-ci au téléphone.

— J'ai avancé et j'ai plusieurs éléments concordants.

— Soyez plus précis, Commandant !

— En juillet 1985, soit un an après la fermeture du centre de rééducation, une dizaine d'« anciens » se retrouvent à Tatihou, pour une quinzaine de jours de vacances. Les années suivantes, leur camp de vacances est avancé dans le temps, car l'été l'île est occupée par des colonies d'enfants diabétiques. Les camps ont donc lieu la première quinzaine de mars.

— Très bien. Ensuite ?

— La deuxième année, un drame se produit. Deux anciens disparaissent pendant leur séjour. Un garçon de 17 ans et une fille de 16 ans. On suppose une fugue. Les gamins étaient amoureux et le chef de groupe ne voyait pas cela d'un bon œil.

— Un adulte, le chef de groupe ?

— Oui. Un ancien éducateur du centre. Il a assuré que le couple avait volé une barque et disparu dans la nature. Certains ont pensé à une noyade. Des recherches ont été faites, mais aucun corps retrouvé. La barque a été découverte sur une plage à Jonville. Les enquêteurs de l'époque en ont déduit que les gamins s'étaient enfuis, les parents ont été prévenus, mais personne ne les a jamais revus.

— Les autres ont été interrogés ?

— Oui bien sûr. Et ils ont tous servi la même histoire. C'est d'ailleurs ce qui me perturbe. Les PV d'audition sont parfaitement identiques. On dirait presque des photocopies. D'habitude, quand différentes personnes racontent un incident, il y a au moins de subtiles différences, ne serait-ce que parce que chaque personne perçoit les événements différemment. Mais ici non. On dirait qu'ils ont appris leur histoire par cœur !

— Un instant, s'il vous plaît.

Colas l'entendit déposer le téléphone et perçut des bruits de voix en arrière-plan, puis :

— Très bien Commandant. On arrive. On va vous donner un coup de main pour résoudre cette énigme.

Colas fit la grimace. Il n'avait aucune envie de se taper une équipe d'électrons libres dans son enquête. Le challenge lui plaisait, ce n'est pas tous les jours que l'on peut résoudre un « cold case ».

— Mais…

— Nous serons là lundi à la première heure. Merci Commandant. À plus tard.

— Eh merde, fut la réaction de Colas quand il eut raccroché.

*

— On appelle Laura ? demanda Bricart.

— Tu crois que ça vaut la peine de la déranger ?

— Je crois que ça lui plaira. Cela nous changera des corps martyrisés par des tueurs en série. Et tu sais aussi bien que moi que son intuition et son analyse sont des éléments précieux.

— C'est vrai. Je suis certain qu'elle va dénicher quelque chose ! Chose que nous, mâles primitifs, ne verrions pas, bien entendu !

— Rigole, mais tu sais que j'ai raison !

— Tu as raison. Et puis nous sommes une équipe ! Alors ? On prend l'affaire, Major ?

— Oui, Commandant Jumet. On prend l'affaire.

*

Jumet passa un coup de fil au ministère de l'Intérieur dont son équipe dépendait directement pour les affaires les plus sensibles. Ils avaient maintenant Joël, Laura et lui la nouvelle dénomination de « TASK force », soit en français « force d'intervention », cellule de crise utilisée seulement pour les cas les plus graves. Grâce à ce statut, ils pouvaient se permettre de frôler l'illégalité dans les procédures si la vie d'une personne était en danger immédiat.

En temps normal, c'était le ministre lui-même qui donnait son feu vert pour l'activation de la Task, mais aujourd'hui, il était en déplacement. Son bras droit se fit tirer l'oreille.

— Vous comprenez, les budgets sont serrés et puis tout le monde s'en fout de deux disparus il y a trente ans !

— Tout le monde peut-être, mais pas les familles, argumenta Jumet. Imaginez ce que la population pensera quand elle saura qu'on a laissé tomber parce que c'est un « cold case ».

— Vous connaissez le prix des analyses ADN et de tout ce qui s'en suit ?

— Bien sûr. Mais pour cela c'est déjà trop tard. La gendarmerie de Saint-Vaast a ouvert une enquête et les premières analyses sont déjà en cours… Quant à nous, nous sommes payés quoi que nous fassions.

Il y eut un silence, puis :

— Très bien. Allez-y. Mais obtenez des résultats, sinon nous allons encore être accusés de gaspiller l'argent du contribuable. Et, bien entendu, si nous avons un cas de tueur actif, vous laisserez tomber pour vous consacrer à votre nouvelle mission. Par contre, si vous réussissez, cela pourrait redorer notre blason. L'Intérieur n'a jamais très bonne réputation.

Jumet promit tout ce qu'il voulait. Il raccrocha satisfait, mais un peu sous pression quand même. Il ne faudrait pas que cette histoire remette en cause l'existence même de l'équipe en cas d'échec. Avec les hauts fonctionnaires, on ne savait jamais ce qui pouvait leur passer par la tête. Dans quoi s'était-il lancé ? Puis il se rassura. Il y aurait toujours quelque part un tueur détraqué qu'il faudrait dénicher et arrêter. Tant qu'il y aurait de dangereux criminels, ils auraient du travail. Et de ce côté-là, il était tranquille.

Il forma le numéro de Laura.

*

— Salut ! Tu as toujours une copine à Saint-Vaast-la-Hougue ?

— Oui, bien sûr ! Pourquoi ? Tu veux prendre des vacances ?

J'étais en promenade avec ma petite chienne autour d'un joli étang près de chez moi quand mon téléphone avait vibré dans ma poche. Dans le silence de la campagne, seulement troublé par le cancan des canards, le croassement dur et haut perché du héron en pêche et les bulles provoquées à la surface de l'eau par les poissons, j'eus l'impression qu'une fanfare se déclenchait dans ma poche. Le nom de mon collègue et ami me sauta aux yeux provoquant une tempête de questions dans mon cerveau encore en mode « promenade décontractée ». Que se passait-il ? Un nouveau tueur en liberté ?

— Est-ce que j'ai l'habitude de prendre des vacances ? rétorqua le commandant Jumet.

— Pas vraiment. Alors ?

Jumet expliqua : la découverte du squelette, du radius et du fémur quelques jours plus tôt, les ados disparus en 1986, mais surtout la trace d'un coup de couteau sur une côte du garçon.

— C'est donc un meurtre et il ne peut pas rester impuni, conclut-il.

— Tu crois qu'on a une chance ?

— Oui. Sinon, je ne t'appellerais pas !

Imparable.

— Comment procède-t-on ?

— On n'est pas à un jour ou deux près. On se retrouve à Saint-Vaast lundi. Vois avec ta copine si elle peut encore nous prêter son appartement. On doit faire au plus juste sur les frais sinon je vais me faire taper sur les doigts.

— OK. Je m'organise et je te rappelle.

N'étant pas, contrairement à d'habitude, dans les starting-blocks, je pris le temps de finir ma balade.

À mon retour, j'expliquai la situation à mon mari Serge, qui lui aussi profitait de son week-end. Pour une fois, il n'était pas de service à la base hélico de Donville où il exerçait le beau métier de pilote d'hélicoptère.

— OK. Donc, tu pars lundi. Moi je reprends le service mardi. Il va falloir faire garder la puce.

— Pas de problème.

J'avais une dog-sitter en or, toujours disponible, et que la chienne adorait.

Le cas du chien étant réglé, j'appelai mon amie Christine à Saint-Vaast.

Dix minutes de babillage plus tard, le problème était résolu. Nous pouvions disposer de l'appartement se situant au-dessus de la librairie qu'elle tenait avec son mari. Eux préféraient rentrer chez eux le soir à Valognes, histoire de ne pas avoir le sentiment de rester au boulot les soirs et les nuits.

— Et puis comme ça on ne vous dérangera pas, ajouta-t-elle, soulagée que, cette fois, il n'y ait pas eu de meurtre effroyable dans la commune.

Il faut dire que ce qu'il s'était passé quelques années plus tôt avait marqué les esprits. Personne ne souhaitait revivre le traumatisme laissé par le tueur maniaque qui énucléait ses victimes.

— Tu crois que vous avez une chance de résoudre ce mystère plus de trente ans après ?

— Cela va dépendre des éléments que nous allons trouver dans les archives et des protagonistes qui restent encore en vie aujourd'hui. Mais pourquoi pas ? Bien des crimes sont résolus des années après avoir eu lieu. En tout cas, il faut essayer. Imagine qu'un de tes fils disparaisse…

— Non, non, je ne veux pas y penser !

— Bien sûr. On est tous pareils. Cela n'arrive qu'aux autres… mais pas toujours. Donc, si c'était le cas, tu aimerais savoir même trente ans après. Tout vaut mieux que l'incertitude, même si l'on sait au fond de soi qu'il n'y a plus d'espoir.

— Tu as raison. Pour les parents, ce doit être terrible. Si je peux faire autre chose…

— Tu es trop jeune pour avoir connu cette histoire, et puis, si j'ai bonne mémoire, tu n'étais pas dans la région, mais si tu connais quelques anciens susceptibles de se souvenir, je veux bien des noms.

— Je vois ça. À lundi alors. Bisous.

— Oui, à lundi. Bisous à vous deux.

Cette enquête qui, contrairement aux autres, ne commençait pas dans un bain de sang allait nous réserver bien des surprises. Bien plus que nous ne l'imaginions.

****

CHAPITRE 7

Le lundi matin à sept heures, je prenais la route de Saint-Vaast. Deux heures plus tard, je trouvais une place devant La Chaloupe, la librairie de mon amie.

Dès qu'elle m'aperçut à travers la vitrine, elle se précipita vers moi, un large sourire éclairant son visage de jolie brune.

— Tu es la première !

— Tant mieux ! On aura peut-être cinq minutes pour nous !

— Allez viens, on monte boire un café. Pardon, un thé pour toi !

J'appréciai l'attention. Nous traversâmes la librairie où le mari de Christine m'accueillit à son tour. Après quelques échanges cordiaux, je suivis la maîtresse des lieux à l'étage.

— J'ai dit à tes collègues, par l'intermédiaire du commandant de gendarmerie, de passer par-derrière. Ici, on est dans un petit bourg. Si les gens voient la gendarmerie débouler au magasin, ça va jaser. Je préfère éviter.

— Tu as raison. Pas la peine d'attirer l'attention. Mais rassure-toi, mes collègues sont en civil.

— Oui, mais pas le commandant de la gendarmerie et il vient aussi si j'ai bien compris. Avec tout ce qu'il s'est passé il y a sept ans, inutile d'éveiller de mauvais souvenirs dans l'esprit des gens. Parfois, ils ont l'imagination trop fertile. Une rumeur part et qu'elle soit fausse ou vraie, bonne chance pour l'arrêter.

— C'est l'inconvénient des petits bourgs, mais c'est leur charme aussi. Tout le monde connaît tout le monde.

Christine prépara du café pour un régiment. Elle eut raison car moins d'un quart d'heure plus tard, mes collègues débarquaient ainsi que le commandant Colas qui me fut présenté et Bedel que je connaissais déjà.

Du coup la jolie salle de l'appartement, occupée par ces quatre forces de la nature semblait avoir rétréci de moitié ! Un quart d'heure de chauffe autour du café, puis Jumet tapa des mains d'un air décidé :

— On s'y met ?

Mon amie disparut vers son magasin, non sans m'avoir jeté un :

— Si tu as besoin de quelque chose, tu sais où me trouver.

Colas sortit un dossier de sa mallette et l'étala sur la table devenue bureau.

— Faites-nous un résumé de la situation surtout pour ma collègue qui débarque dans l'affaire, proposa Jumet.

Colas attaqua. Il raconta la découverte du squelette par les archéologues et les étapes qui s'ensuivirent. Bedel résuma l'autopsie ou plutôt l'examen des os et Colas reprit avec ses découvertes aux archives, découvertes confirmées et renforcées par les éléments que le gardien de l'île avait trouvés sur place dans des archives internes.

Il sortit des feuilles qui ressemblaient à des CV présentant une photo d'identité avec nom, prénom et pedigree et en fit deux tas.

— Ces fiches sont issues des archives du centre de rééducation. Pour les camps, il y avait juste des listes de noms pour les inscriptions. Mais Ludo, le gardien a fait les rapprochements, ce qui va nous faire gagner beaucoup de temps. Voici les participants au camp organisé pour les anciens du centre de rééducation, dit-il en posant la main sur le plus gros des deux tas, et voici les disparus, ajouta-t-il en désignant deux feuilles à part. Pour résumer, il semblerait que ce groupe ait lié de forts liens d'amitié pendant leur internement imposé par les juges des enfants de l'époque. Tous étaient de jeunes délinquants ayant commis des actes répréhensibles, plus ou moins graves. On détaillera à l'étude de leurs fiches. Après la fermeture du centre, ils décidèrent de se retrouver une fois par an « en souvenir du bon vieux temps ». Toujours à Tatihou et toujours en louant le lazaret. La première année, les retrouvailles se passèrent en juillet et sans problème. La deuxième année, le lazaret était réservé l'été pour des enfants diabétiques. Ils furent donc contraints de changer leurs dates et choisirent, en fonction des disponibilités, de faire leur réunion au mois de mars, période à laquelle l'île est peu fréquentée. L'hébergement était donc disponible. Le drame a lieu en 1986. Un couple d'ados disparaît pendant le camp. Tous les témoins affirment que les amoureux ont voulu rejoindre le continent à marée haute. Ils auraient volé une barque, qui fut découverte échouée mais intacte sur la plage de Jonville, et auraient disparu en mer. Voilà pour la version officielle.

— Sauf que, intervint Bedel, le squelette retrouvé, vraisemblablement le garçon, porte une trace de coup de couteau porté au niveau de la sixième côte gauche. Trace suffisamment longue et profonde pour avoir atteint les poumons et le cœur. Ou l'un des deux. Mais comme les organes se sont décomposés depuis longtemps... Une analyse ADN des os est en cours. La famille de...

Il consulta les deux fiches isolées :

— ... de Florent Leroy a été contactée à l'initiative du commandant Colas ici présent. Le père est mort, mais la mère est encore vivante. Elle a plus de 80 ans, toute sa tête d'après les collègues qui sont allés la voir dimanche dans l'Ehpad où elle réside à Valognes. Elle a accepté de donner son ADN en assurant qu'elle voulait savoir, avant de mourir, ce qui était arrivé à son fils. En travaillant sur l'ADN mitochondrial, on devrait pouvoir définitivement relier le squelette et Florent Leroy. Même démarche pour la famille de la gamine sauf que la mère n'a que 65 ans.

— Bonne initiative, Commandant, marmonna Jumet. J'espère que vos hommes ont su faire preuve de psychologie avec cette vieille dame. D'habitude, c'est notre psy qui se charge de ce genre de démarche, dit-il en me désignant du menton. Elle est formée pour cela. Il ne s'agit pas de traumatiser les familles plus qu'elles ne le sont déjà.

— Bien sûr, rougit Colas qui avait quelque peu transgressé les ordres en n'attendant pas l'arrivée de notre équipe.

— Je vous rappelle, continua Jumet, que dorénavant, c'est nous, sur ordre du ministre, qui dirigeons cette enquête. Mais ne vous inquiétez pas, nous travaillons en votre nom. En cas de succès, votre brigade aura les honneurs, sinon… Eh bien tant pis ! fit-il un peu cynique, histoire de bien marquer son territoire. Voyons ces fiches.

— Bien sûr. On commence par qui ? demanda Colas.

— Les disparus.

— Oui, évidemment : Florent Leroy : 16 ans le 15 mars 1986 quand il disparaît. Né à Cherbourg. Père Jules Leroy. Mère Maryse Leroy-Gaudin.

Il s'interrompit pour nous rappeler que ces fiches étaient confidentielles et…

Un regard de Bricart, cette fois, lui fit passer sur les recommandations.

— Condamné à l'âge de 14 ans à deux ans de centre de rééducation pour avoir agressé sexuellement une fille sur une plage. Il n'a pas été jusqu'au viol, ou plutôt jusqu'à la pénétration, mais l'a, comment dire, molestée et caressée de façon appuyée.

— Ce qui revient à un viol, dis-je.

Jusque-là, je n'avais rien dit. Mais je ne pouvais pas laisser passer l'idée que s'il n'y avait pas pénétration, il n'y avait pas viol.

— Quand une fille dit non, c'est un viol, assurai-je fermement.

— Bien sûr. Pour en revenir à Leroy, il semblerait qu'il se soit bien comporté au centre pendant sa peine. Il travaillait pour un ostréiculteur comme plusieurs autres condamnés. Il n'a eu aucun reproche à lui faire. Au contraire, les commentaires de son patron sont plutôt élogieux : courageux, ponctuel, responsable. Aucune remarque sur une éventuelle attitude louche vis-à-vis des travailleuses ou des filles du centre.

— Il y avait aussi des filles dans ce centre de rééducation ? demandai-je.

— Oui. Il existe aussi des filles délinquantes !

— Bien sûr. Cela, je n'en doute pas.

— Elles dormaient bien entendu dans un dortoir à part et étaient occupées à des tâches moins lourdes que les garçons[1]. Couture, entretien des locaux, aide aux cuisines, ce genre de choses. Donc pour résumer, Leroy ne s'en était jamais pris à ces jeunes filles bien qu'il ait une inclinaison remarquée pour l'une d'elles : Jacqueline Binet. 14 ans au moment de sa disparition.

Je jetai un coup d'œil aux deux photos agrafées sur les fiches. Lui, plutôt agréable à regarder, type méditerranéen, la peau sombre, les cheveux aile de corbeau et les yeux tout aussi foncés avec un éclat un peu particulier. Un beau gosse dans le genre un peu voyou, sans doute prompt à s'emballer. Mais son dossier ne mentionnait ni bagarre, ni insolence, ni rébellion. Assez malin pour se tenir à carreau le temps de sa peine ou assommé par sa condamnation ? Interroger la famille pouvait s'avérer utile.

— Qu'a-t-il fait au moment de la fermeture du centre ? Son temps n'était pas écoulé.

— Le juge a effacé les six mois restants pour bonne conduite. Il a réintégré le système comme apprenti, toujours chez le même ostréiculteur qui l'avait assez apprécié pour le garder. D'ailleurs, si je reprends le dossier d'enquête après la disparition, dit-il en sortant un autre classeur, cet homme, un certain Jean Bescond, témoigne

1. Dans la vraie vie, il n'y avait que des garçons au centre de rééducation.

en disant que pour lui, Florent Leroy connaissait assez la mer pour ne pas prendre de risques. En plus, il nageait comme un poisson. Par contre, il ne sait rien sur la fille. Il ne l'a jamais rencontrée.

Cette fois, je m'intéressai à Jacqueline Binet. Apparemment assez menue, le visage fin à l'ovale parfait, blonde, les yeux clairs, il fallut que je regarde sa fiche signalétique pour trouver la couleur de ses yeux tant ils étaient clairs. Il était mentionné vert d'eau. Rare. Une vraie poupée de porcelaine. On la voyait plutôt en vierge dans un tableau de Raphaël plutôt qu'en délinquante condamnée à six mois de centre de rééducation pour vol à l'étalage. Méfiez-vous de l'eau qui dort... En lisant plus avant je découvris que ces vols avaient tous eu lieu dans un supermarché de Caen, toujours au rayon alimentation : légumes, fruits, épicerie et pas comme on aurait pu s'y attendre aux disques ou au maquillage comme c'est souvent le cas pour de toutes jeunes filles. Avait-elle eu si faim qu'elle ait éprouvé le besoin de voler pour se nourrir ? Là aussi, il faudrait creuser.

Le guépard et la poupée, voilà ce que m'inspirait ce petit couple. Je la voyais bien se mettre sous la protection de ce beau caïd et lui tomber amoureux de cette petite chose fragile. Elle lui accordait sa confiance et son amour, lui en était valorisé et fier.

Que s'était-il passé ?

À mon avis il n'y avait qu'un moyen de le savoir.

— À quoi tu penses ? demanda Jumet qui trouvait que j'étais trop silencieuse.

Je me tournai vers Colas :

— Vous avez les noms et adresses des autres ?

— Oui, enfin celles qu'ils ont laissées en 1990 au moment de l'arrêt du camp. Cela fera bientôt trente ans ! Ils ont eu le temps de déménager entre-temps. Certains sont sans doute morts et les vivants ne doivent plus être de toute première fraîcheur ! Ils doivent avoir entre 40 et 60 ans.

— Tout ce que je vous souhaite c'est d'arriver à cet âge-là ! persiflai-je.

— Alors ?

Jumet revenait à la charge. Je me lançai :

— On va les réunir. Tous à Tatihou en souvenir du bon vieux temps.

— Et ? En admettant que tu les retrouves ?

— On sera là. Ils évoqueront leur jeunesse. Après toutes ces années, les langues se délieront peut-être. Surtout quand ils sauront que l'on a retrouvé les cadavres ! Et il faut faire vite. On arrive au 15 mars. Je veux être au plus près des conditions de 1986.

— OK. C'est parti.

****

CHAPITRE 8

Le week-end de retrouvailles serait organisé dès la fin de la semaine suivante. Cela laissait le temps aux « fourmis », les administratifs, de localiser les intéressés et à moi de leur envoyer une invitation. Je m'attelai à la rédaction du texte après que Jumet eut bataillé dur au ministère pour obtenir les crédits nécessaires. En effet, il fallait leur faire une proposition qu'ils ne pouvaient refuser. Quoi de mieux que de leur offrir un week-end tous frais payés, transport et hébergement compris ? Si l'on voulait qu'ils ne se doutent de rien, on ne pouvait pas lancer une convocation officielle. Certains risquaient de disparaître dans la nature surtout s'ils avaient quelque chose à se reprocher. Mais, pour être crédible, cette invitation devait émaner de quelqu'un en qui ils avaient confiance. Pas simple.

— On n'a qu'à les envoyer chercher entre deux gendarmes et les amener sur l'île qu'on fermera à toute visite, le temps de ce week-end, proposa Jumet, toujours adepte des manières radicales.

Bricart était aussi de cet avis. Pas moi. J'argumentai :

— Si on fait ça, adieu l'effet de surprise. Ils se douteront de quelque chose. Tous savent pour les disparus et un au moins sait ce qu'il s'est réellement passé.

— Trouve un moyen et on verra, répliqua Jumet peu convaincu par la manière douce.

— Laisse-moi jusqu'à ce soir, si je n'ai rien trouvé pour les motiver, on appliquera ta méthode.

— Jusqu'à ce soir pas plus !

Je plongeai dans les fiches apportées par Colas qui était reparti aux affaires courantes en attendant nos instructions.

D'abord les garçons :

– Guy Boulet (avec un nom comme ça, il n'avait pas dû avoir la vie facile tous les jours !). Interpellé avec une bande spécialisée en vol de mobylettes. Il avait 14 ans ! Condamné à deux ans. Il était spécifié que la mesure avait pour premier but de l'éloigner de sa famille alcoolique et de ses mauvaises fréquentations dans un quartier pouilleux de Caen en raison de son caractère très influençable.

– Pierre Michaux. Condamné à l'âge de 12 ans pour une période de six ans pour avoir tenté d'étrangler sa sœur.

– Louis Le Brun. Condamné à l'âge de 11 ans pour une période de six ans. A blessé une vieille dame en la faisant tomber pour lui voler son porte-monnaie.

– Gaby Dumont. Condamné à l'âge de 13 ans pour vol chez un particulier. A fait deux ans.

– Massimo Lupio, dit le Loup. Arrivé au centre à l'âge de 10 ans. Nationalité italienne. Interné pour fugues à répétition de l'orphelinat où il était élevé après la mort accidentelle de ses parents. A fait cinq ans, jusqu'à la fermeture du centre, puis a été confié à une famille d'accueil. (Sans doute que l'administration ne savait pas quoi faire de ce gosse !)

– René Serin, dit le Canari. (Décidément ces gosses avaient l'imagination animale !) Condamné à l'âge de 14 ans pour avoir donné un coup de couteau à sa mère qui lui refusait une mobylette. (Intéressant ça. Déjà un coup de couteau. Celui-là méritera toute notre attention.) A fait quatre ans. Libéré à sa majorité.

Et bien sûr Florent Leroy.

J'arrivai à la pile des dossiers des filles.

– Éliane Legros, dite Lili. (Pas d'animal cette fois !) Condamnée à l'âge de 14 ans pour racolage sur la voie publique. (Pauvre gosse ! Si jeune et déjà sur le trottoir. Comment une gamine ayant vécu cela pouvait-elle avoir une vie normale après, si après il y avait ?)

– Rose Saunier. Condamnée à l'âge de 17 ans pour avoir empoisonné son oncle, qui la violait régulièrement, avec de la mort-aux-rats. Libérée à la fermeture du centre, trois ans plus tard. (Si la morale me l'avait permis, j'aurais dit que je pouvais la comprendre. Mais personne n'est au-dessus des lois. Elle aurait pu porter plainte, mais cela aurait été moins rapide et pas gagné d'avance !)

– Annie Perriers. Condamnée à l'âge de 15 ans pour vols à la roulotte, autrement dit vols dans des voitures, à Granville. A fait deux ans. (Aujourd'hui, elle serait ressortie le soir-même et aurait recommencé le lendemain en se moquant des policiers. Où était la bonne solution ? Tout dépendait de ce qu'elle avait fait de sa vie après. Récidiviste ou rangée ?)

Et enfin Jacqueline Binet, la dulcinée disparue.

Qu'allais-je bien pouvoir trouver pour inciter tout ce petit monde au caractère sûrement bien trempé à venir de leur plein gré s'enfermer sur une île au mois de mars ? À part l'évocation du bon vieux temps, je ne voyais pas trop. Mais ces gens avaient une vie aujourd'hui. Bonne ou mauvaise, je n'en savais rien pour l'instant. La recherche de ces personnes par les « fourmis » me donnerait sans doute un début de réponse sur les activités qu'ils exerçaient à l'heure actuelle. Peut-être aussi que certains étaient restés en contact. Je ne pouvais pas leur servir n'importe quel bobard.

Je m'attaquai ensuite aux papiers fournis par le gardien de l'île en commençant à me demander si Jumet n'avait pas raison quant à la manière forte.

J'y retrouvai à peu de choses près les mêmes infos, mais aussi l'organisation des camps des « anciens ». Je compris que Les Blaireaux même s'ils avaient un foulard rappelant celui des scouts n'en avaient pas la manière de vivre. Nos anciens délinquants nostalgiques de Tatihou ne dormaient pas sous tente, mais au lazaret et ne faisaient pas leur popote sur un feu de bois à la plage : ils mangeaient au restaurant où une ancienne cuisinière du centre venait leur mitonner de bons petits plats. Adèle Lebrun, d'après le double de sa fiche de salaire qui comportait son numéro de sécurité sociale, était née en 1959.

Je me demandai aussi qui organisait les « vacances » des anciens. La plupart étaient encore mineurs. Il fallait bien qu'un adulte chapeaute tout cela. Organisation, demande d'autorisation aux parents, assurances, intendance, etc. Ce n'était pas les gamins qui allaient s'en charger. À force de fouiner, je trouvai différents papiers comportant tous la même signature : Jean Gambier. Certains papiers signés par cet homme étaient à l'en-tête du ministère de la Justice et un seul portait le sceau de sa fonction : juge pour enfants.

Il serait intéressant de savoir si c'était ce même juge qui avait un jour condamné les participants à ces camps « du souvenir de Tatihou ». Un juge ayant des regrets ou un juge agissant en « bon père de famille » qui voulait garder un œil sur ses ouailles après leur libération ?

Je laissai cette information vagabonder dans mon esprit. Un thé plus tard, j'avais une idée. Je me ruai sur mon téléphone et appelai Colas en priant pour qu'il soit au bureau. Il y était.

— Pouvez-vous me faire d'urgence une recherche sur Adèle Lebrun, née en 1959, ancienne cuisinière à Tatihou, de… Attendez non, disons jusqu'en 1995. Et puis aussi, un certain Jean Gambier, juge pour enfants à l'époque des colonies.

— Je m'en occupe. Je vous rappelle.

Il tint parole même si le temps me parut long pendant l'heure où j'attendis. J'étais prête à le secouer quand mon téléphone sonna. J'écoutai attentivement, demandai deux ou trois précisions, dont l'adresse et le numéro de téléphone de la brave Adèle et du juge.

Fière de mon idée, j'interrompis les garçons plongés dans leurs ordinateurs.

— Ça y est les gars. Je crois que j'ai une raison d'inviter nos cocos sur l'île.

— Alors vas-y, explique ! décréta Jumet.

— Ces colonies d'anciens ne sont pas nées d'une envie des gamins de se retrouver à tout prix.

— Ah bon ? fit Jumet.

— Cela me semblait un peu bizarre aussi, dit Bricart. En général, les jeunes délinquants, une fois leur peine accomplie, ne pensent qu'à tourner la page. Après ils vivent leur vie en bien ou en mal, mais avec un sentiment de liberté retrouvée. Je ne les vois pas venir fêter tous les ans le souvenir de leur enfermement. Alors, c'est quoi le truc ?

— Un juge pour enfants. Un certain Jean Gambier. Il faudrait qu'on ait accès à ses dossiers, mais je parierais que c'est lui qui les a condamnés. Sinon pourquoi les suivre même après la fermeture du centre ?

— Houlà ! Là, tu demandes quasiment l'impossible. Le casier judiciaire d'un mineur est confidentiel. Le B1 ou relevé intégral des condamnations est effacé automatiquement pour les mineurs, trois ans après la fin de la peine. De plus, les mineurs et les majeurs de moins de 21 ans peuvent demander l'effacement complet de leur casier judiciaire pour les condamnations prononcées avant leurs 21 ans. Il faudrait voir avec un procureur pour pouvoir plonger dans des archives ultraconfidentielles…, expliqua Bricart toujours au fait des procédures. À moins qu'un de tes candidats ait commis une nouvelle infraction le ramenant à la case prison après sa majorité. Dans ce cas, tu pourras plus facilement avoir accès à ses condamnations.

— Ou demander directement au juge, dis-je.

— S'il est encore de ce monde, opposa Jumet. N'oublie pas qu'on est trente ans après la fermeture du centre.

— Il l'est. J'ai fait faire des recherches à Colas.

— Ah bon ! Et c'est quoi l'idée ?

— Jouer sur deux tableaux. Le juge et la cuisinière.

— On dirait un titre de roman, sourit Bricart.

— Détaille, ordonna Jumet.

— Les deux sont vivants. Lui, 85 ans, habite Cherbourg. Il a officié à Cherbourg et à Coutances. Elle, 60 ans dans un mois. Elle a une maison à Grandcamp-Maisy, sur la digue, juste en face de la mer. Lui est veuf, elle aussi. Les deux sont à la retraite.

— Ensuite ?

— L'idée, c'est de contacter le juge, connaître ses motivations pour ces camps. Il est forcément au courant des disparitions. Je suggère qu'on le mette dans la confidence de la découverte du squelette et des os et de notre idée de week-end pour tenter de confondre le coupable. Colas m'a assuré que c'était un homme intègre très apprécié dans sa profession. Jusqu'il y a cinq ans environ, il était encore consulté sur des cas particuliers par de plus jeunes magistrats qui voient en lui un maître à penser. L'affaire des disparus a dû le toucher profondément. Je pense qu'il voudra nous aider à découvrir la vérité. Si c'est lui qui lance les invitations à Tatihou, les participants ne se méfieront pas et viendront de leur plein gré.

— Oui mais pour quel motif ? Ils ne vont pas tout lâcher comme ça pour faire plaisir à un vieillard.

— C'est là que la cuisinière intervient. Une fête d'anniversaire. Les 60 ans d'Adèle qui aurait à cœur de revoir ses protégés une dernière fois avant le crépuscule de sa vie. Quoi de mieux, pour retrouver l'ambiance des colonies de vacances, que se revoir sur Tatihou ?

— Tu crois que ces jeunes qui ne le sont plus vont adhérer à l'idée ? Ce n'est pas un peu tiré par les cheveux ?

— Qui n'est pas nostalgique de sa jeunesse ?

— Oui, mais là c'était l'enfermement…

— Faux. Les colonies, c'est après, ce sont des vacances. Et puis qu'est-ce qu'on risque ? Si ça ne marche pas, il sera toujours temps d'envoyer les gendarmes.

— Très bien, essaye, accepta Jumet. Contacte le juge, puis la cuisinière. Débrouille-toi pour qu'ils acceptent, sinon, c'est la convocation officielle…

****

CHAPITRE 9

Il était trop tard pour rendre visite à un homme de 85 ans. Je me permis cependant de l'appeler pour prendre rendez-vous dès le lendemain.

— Monsieur Gambier ? Bonsoir. Je suis Laura Claes, je travaille avec…

— Pas de pub !

— Non, non. C'est la police, dis-je vivement, ayant peur qu'il me raccroche au nez.

— La police ?

Le ton grave était teinté de curiosité.

— À quel sujet ?

Je me présentai à nouveau et expliquai mes fonctions de psycho-criminologue au sein de l'unité d'intervention dépendant du ministère.

— Bien. En quoi puis-je vous être utile ?

— Vous avez organisé pendant une dizaine d'années des camps de vacances pour des anciens condamnés du centre de rééducation de Tatihou, n'est-ce pas ?

— …

Il parut étonné d'être ramené aussi longtemps en arrière. La surprise passée, il se reprit.

— En effet. Que puis-je faire pour vous ?

— Je ne désire pas parler de tout cela au téléphone. Pouvons-nous nous rencontrer demain dans la matinée ?

— Si vous voulez. Mais que se passe-t-il ? Un des anciens aurait-il fait de nouveau une grosse bêtise ?

— On peut voir cela comme ça. Demain, dix heures, cela vous irait ?

— Je vous attendrai. Mais vous m'intriguez.

— À demain alors. Passez une bonne soirée.

Il raccrocha, pas ravi que je ne lui en dise pas plus au téléphone. Mais je tenais à voir ses réactions en direct. Il faisait partie du staff certes, mais cela ne le mettait pas automatiquement hors de cause pour le meurtre. Ce ne serait pas la première fois qu'un responsable adulte déraille quand il intervient auprès de mômes.

À cet instant, on toqua à la porte de l'appartement. Christine venait nous saluer. Elle avait fermé boutique et s'apprêtait à rentrer chez elle :

— Les deux chambres sont prêtes, assura-t-elle et il y a des serviettes dans la salle de bains. Par contre, je n'ai pas eu le temps de faire un repas pour enquêteurs affamés !

— Ne t'inquiète pas. Nous prêter l'appartement est déjà très gentil. Pour les repas, on va se débrouiller.

— Il y a du café dans l'armoire et de quoi vous faire un petit déjeuner aussi. N'hésite pas à fouiller, me dit-elle.

Nous la remerciâmes et elle disparut dans l'escalier menant au rez-de-chaussée d'où elle lança :

— Passez par la porte de derrière si vous devez sortir. Le magasin est sous alarme. Ce serait un comble qu'elle soit déclenchée par des flics ! dit-elle en riant franchement.

Je la rassurai et cette fois, elle partit pour de bon.

— Bonne idée, dit Jumet, si on allait manger ?

Il faut dire que le midi, nous nous étions contentés d'un sandwich acheté à la boulangerie et que nous avions grignoté au-dessus des dossiers.

Dix minutes plus tard, nous étions dans la rue. En ce début mars, la nuit tombait vite, dès dix-huit heures trente, les illuminations des fêtes disparues, la rue déserte nous sembla presque lugubre. Heureusement, il y avait plus de vie sur le port. Cafés et restaurants étaient ouverts et Jumet qui gardait un bon souvenir de pizzas mangées au Débarcadère, brasserie se trouvant place du Général-de-Gaulle, nous mena d'un bon pas vers le bout du quai où elle se situait le restaurant. Il faisait un froid de canard, ou fallait-il dire ici de goélands, rois de la bourgade, et malgré ma doudoune, je grelottais.

Je fus contente d'arriver dans la brasserie où une douce chaleur nous accueillit. Le patron, jovial, nous installa près du bar. Il régnait une ambiance conviviale, majoritairement due à la présence d'habitués. Une énorme pizza et une carafe de rosé plus tard, je ne pensais qu'à une chose, m'écrouler sur mon lit. À ce moment, le patron approcha pour nous proposer la carte des desserts :

— J'ai l'impression de vous connaître, dit-il. Cela fait un moment que je vous observe. Vous n'êtes pas des touristes lambda, je me trompe ? Ce n'est pas vous qui êtes intervenus il y a quelques années quand un fou nous menaçait de la fin du monde ?

— Vous êtes observateur, remarquai-je alors que mes collègues se contentaient d'approuver d'un signe de tête.

— Il ne se passe rien de grave au moins ? Parce que l'autre fois, votre enquête a marqué les esprits !

— Non rassurez-vous, c'est la routine, déclara Bricart en choisissant des profiteroles.

Jumet se contenta d'un café, quant à moi je craquai pour une crème brulée. Pas raisonnable, mais on ne vit qu'une fois !

Une demi-heure plus tard, nous rejoignîmes nos pénates. Les garçons prirent obligatoirement la chambre aux lits jumeaux, tandis que je m'effondrais dans la chambre parentale. Un coup de fil à l'homme de ma vie, un passage rapide à la salle de bains et dodo !

*

À Saint-Vaast-la-Hougue, pas besoin de réveil. Les goélands se chargent de vous tirer du lit en se perchant sur votre toit ou sur votre appui de fenêtre. Leurs cris, faisant parfois penser à celui d'une chatte en chaleur ou d'un bébé qu'on égorge, me réveillèrent dès quatre heures du matin. En voilà qui ne faisaient pas la grasse matinée ! En tout cas, cela n'avait pas l'air de déranger mes collègues, vu les ronflements sonores qui me parvenaient à travers la paroi. Je m'obligeai à rester couchée et fis le yoyo entre veille et sommeil jusqu'à six heures. Décidément incapable de me rendormir, je squattai la salle de bains. Une bonne douche acheva de me mettre les idées en place. Je descendis au premier et m'attelai à la préparation d'un petit déjeuner. Cela faisait partie du rite de nos enquêtes. Le café prêt, je dénichai de la brioche, du beurre et de la confiture. J'eus tout le temps de me restaurer avant que les hommes se décident à montrer le bout de leur nez vers huit heures. Je m'étais déjà replongée dans les dossiers fournis par le gardien de l'île et le rapport d'enquête de l'époque.

— Tu as trouvé autre chose ? me lança Jumet.

— Bonjour à toi aussi ! Non, je n'ai rien trouvé de probant. Cependant, je me pose une question.

— Salut Laura, lança Bricart en entrant à son tour rasé de près. Quelle question ?

— Il serait intéressant de savoir s'il y avait un gardien sur l'île à l'époque.

— Bonne question, confirma Jumet.

— Si c'était le cas en 1986, alors il nous faut retrouver ce personnage. Si je reprends le dossier d'enquête, les jeunes sont censés être partis à l'aube, n'oublions pas qu'au mois de mars le jour ne se lève pas avant sept heures et demie. Un gardien aurait dû se rendre compte d'une activité quelconque…

— L'île n'est pas grande, mais quand même. Si le type faisait sa tournée du côté de la tour, il ne pouvait pas voir ce qui se passait au niveau du débarcadère. Et puis, je te rappelle qu'on a trouvé au moins un corps et selon toute probabilité un deuxième. Les jeunes n'ont donc pas quitté l'île.

— On est d'accord, mais le bateau oui, puisqu'on l'a découvert intact à Jonville. Il a bien fallu que quelqu'un l'y emmène.

— Pas faux, remarqua Bricart, la bouche pleine de brioche. Qui donc a déplacé le bateau ? Le meurtrier ?

— Sans doute, fit Jumet, à moins que celui-ci ait eu un complice.

— Donc, dis-je, quelqu'un qui a quitté l'île à marée haute au petit matin avec ce bateau. Il est sans doute revenu, sans que son absence soit remarquée sinon cela l'aurait désigné comme suspect dans la disparition.

— Sauf que personne n'a été suspecté de quoi que ce soit puisqu'il a été admis que les jeunes étaient partis de leur plein gré.

— D'accord, mais une fois le bateau à Jonville, maintenant que l'on sait que les jeunes n'ont jamais quitté l'île, le… comment dire ? Le convoyeur est revenu. La question est comment ? S'il a emprunté une navette officielle, cela veut dire qu'il avait un véhicule à Jonville qui l'a emmené jusqu'à Saint-Vaast pour prendre la navette. Ou alors deuxième solution, il a attendu la marée basse et est rentré à pied. Cela signifie qu'il a dû attendre un bon moment, on va dire en gros six heures pour traverser en toute sécurité. Une absence de six heures, cela se remarque, or personne n'a signalé qu'un des participants était absent le matin où la disparition du couple a été découverte.

— Bon. Reprenons, dit Jumet en s'emparant des PV d'audition des personnes interrogées en 1986. Les colons se lèvent à sept heures et demie, font leur toilette, leur lit et se rendent au restaurant à huit heures pour le petit déjeuner. C'est là qu'ils remarquent l'absence de Florent Leroy et Jacqueline Binet. Le ou plutôt la seule adulte présente à cette heure-là au restaurant est Adèle Lebrun qui loge sur place. Le personnel attaché à l'île arrive par une navette de sept heures. D'ailleurs, qui est ce personnel ?

— À l'époque, dis-je en reprenant une feuille du dossier, deux scientifiques…

— Pourquoi des scientifiques ?

— Autant que je sache, il y a un labo sur l'île depuis la fin du XIXe. Il fut une époque où une vingtaine de chercheurs y travaillaient et logeaient sur place, mais c'est beaucoup plus ancien, vers 1888. À l'époque qui nous intéresse, c'est plus flou. Mais il y a quand même toujours des chercheurs qui étudient les algues.

— Tu en sais des choses !

— J'ai eu le temps de lire pendant que ces messieurs dormaient !

— C'est bon ! Reviens à la liste des passagers du bateau de sept heures.

— C'est tout.

— Ah bon ? Et le personnel administratif ?

— Après 1984, l'île n'accueille que des colonies. Les nôtres, si j'ose dire, mais aussi des colonies d'enfants diabétiques. Il faut attendre 1989 pour que l'île soit affectée au Conservatoire du littoral et qu'une convention soit passée avec le Conseil départemental pour la gestion. C'est là que doit apparaître le personnel administratif, mais pas en 1986, l'année qui nous intéresse.

— C'est bien ainsi. Cela limite le nombre de suspects !

— Résumons, fit Bricart. Si je compte bien, 5 adultes dont il faut vérifier l'emploi du temps plus 6 adolescents et 3 adolescentes. Cela fait du monde !

— Moins que lorsqu'on a un tueur en série dont on ne sait rien !

— Oui, mais c'était il y a trente ans.

— Tu renonces ?

— Jamais de la vie ! Pas question de laisser un crime impuni.

— Très bien. Alors, je me prépare pour aller chez le juge, dis-je.

— Pendant ce temps, nous deux allons essayer de localiser tout ce petit monde. Nous renseigner pour les gardiens aussi. Essaye d'en savoir plus.

C'était bien mon intention et je ne fus pas déçue.

****

CHAPITRE 10

Le juge habitait un appartement cossu au quatrième étage d'un immeuble donnant sur la place de la République avec vue sur la statue de Napoléon.

Je me garai sans problème en ce début de matinée. Nous étions mardi, un des trois jours de marché de la ville avec le jeudi et le samedi. Je savais d'expérience que le samedi, la ville débordait de badauds et que cela aurait été beaucoup plus difficile.

Je sonnai et un déclic libérant la porte d'entrée se fit entendre. J'étais attendue. Je pris un ascenseur antique qui ne me rassura guère. J'avais horreur d'être enfermée dans ces cages grinçantes qui, péniblement, gravissent les étages. Enfin, j'arrivai sur un palier garni d'un épais tapis de couloir long et étroit aux ramages mélangeant le bleu et le rouge. Trois portes en chêne se présentaient à moi, mais une seule était entrouverte. Je confirmai mon impression en lisant sous la sonnette en cuivre le nom de mon interlocuteur. Je toquai avant d'entrer et la voix grave du juge me lança un « Entrez » sonore.

Je pénétrai dans un petit hall chaleureux, tapis en soie, fauteuil crapaud en tapisserie et patère en fer forgé.

— Venez, par ici, je prépare du café !

J'avançai jusqu'à la porte d'où me parvenait la voix. La cuisine équipée tout en bois était impeccable, mais démodée. Elle devait dater d'au moins quarante ans.

— Bonjour ! me lança le juge. Vous prenez du sucre ?

Jean Gambier était une force de la nature. Grand, il devait frôler les 1,90 m, les épaules larges, la tête posée sur un cou de taureau. Il fallait y regarder à deux fois pour se rendre compte que ce qui avait été un corps musclé avait perdu de son tonus, grignoté par les années. Son attitude générale, légèrement voûtée, trahissait son âge. Il était vêtu d'un costume gris finement rayé et d'une chemise blanche impeccablement repassée. Une cravate bleue ornée d'un glaive, un des symboles de la Justice complétait l'ensemble.

— Bonjour monsieur le juge. Pas de café pour moi.

Il parut surpris par mon refus. Il me donnait l'impression d'un homme qui n'a pas l'habitude de s'entendre dire non.

— Ah ! Je dois avoir du thé.

— Je préfère, merci.

Il s'activa. Ses mains parcheminées avaient des gestes lents, mais précis. Quand les boissons furent prêtes, il les disposa sur un plateau et me proposa de rejoindre le salon.

— Nous y serons mieux pour discuter.

Le salon était à l'image du reste, le parquet couvert de tapis qui parfois se chevauchaient, des fauteuils profonds, mais presque défoncés et une table laquée noire dont le plateau était recouvert de fines dorures.

— Alors qu'est-ce qui vous amène ?

— Avant de vous répondre, j'aimerais vous poser quelques questions.

Il haussa les épaules.

— Si vous voulez.

— Avez-vous envoyé des enfants ou des ados au centre de rééducation de Tatihou pendant votre carrière ?

— Bien sûr. C'était fait pour cela, non ?

J'approuvai d'un signe de tête.

— J'estimais que les Normands avaient tout intérêt à rester en Normandie. Des centres de rééducation, comme ils disaient pudiquement, il y en avait partout en France. Deux écoles se confrontaient : les envoyer très loin de chez eux, à la montagne par exemple, pour créer une rupture totale avec leur environnement et leurs mauvaises fréquentations ou alors les placer au plus près de chez eux pour ne pas les frapper d'exil et garder des repères. J'ai opté pour cette deuxième solution.

Je sortis ma liste de noms.

— Est-ce vous qui vous êtes occupé du cas de ces enfants ?

Il chaussa de petites lunettes rondes qui lui donnèrent tout à coup l'aspect d'un vieux bibliothécaire.

Il hocha la tête.

— Je vois où vous voulez en venir… Oui, c'est moi qui les ai condamnés. C'est aussi moi qui ai raccourci les peines à la fermeture du centre en vertu de mes convictions évoquées précédemment. Et enfin, c'est aussi moi qui ai organisé des camps de vacances pour garder un œil sur leur évolution dans la société.

— N'était-ce pas là un peu excessif ? Est-ce que cela rentrait encore dans le cadre de vos fonctions ?

— Franchement non. Mais imaginez que vous adoptiez un chiot rétif, que vous mettiez toute votre patience, tout votre temps et disons-le tout votre amour à le mettre dans le droit chemin, aimeriez-vous le lâcher dans la nature, sachant que sans un cadre bienveillant il peut mordre à tout moment ? C'est vite fait de replonger dans la délinquance quand le terreau où l'on grandit n'est pas le bon.

— Non, bien sûr. C'était donc un acte de protection.

— Appelez ça comme vous voulez. Rappeler à ces jeunes leur passage sur Tatihou leur rappelait aussi qu'il y a des limites à ne pas franchir. Le camp était ludique, j'avais deux animateurs, dont un avait le statut d'éducateur et chef de groupe. Ils ne leur laissaient pas le temps d'être nostalgiques, leur donnaient des responsabilités, leur apprenaient plein de choses, autant sur la nature, les oiseaux, les poissons, les algues, mais aussi l'histoire et la culture en général. Les gosses faisaient du sport aussi. Ils étaient occupés pendant quinze jours à des choses saines qui leur apprenaient ce qu'est la vraie vie en dehors des actes répréhensibles qu'ils avaient commis. Pour eux, c'étaient des vacances. D'ailleurs à la fin de chaque camp, je leur demandais s'ils voulaient recommencer l'année suivante et ils ont dit oui pendant six ans ! Venons-en au fait. Qu'est-ce qui vous amène réellement ?

— Juste une dernière question et je vous réponds. Qui finançait ces camps ?

— Les organismes sociaux. Les parents qui le pouvaient participaient à la hauteur de leurs moyens. Avec le temps, certains jeunes avaient des petits boulots ou travaillaient carrément. Ils y allaient de leur poche. Mais le plus gros des dépenses était assuré par la DDASS.

— Mais vous avez dû condamner bien plus que cette douzaine de gamins, pourquoi eux ?

— Ce n'était donc pas votre dernière question !

— Pardon, mais j'aimerais comprendre…

— C'était les derniers de Tatihou, c'est tout, ne cherchez pas plus loin. Le centre a fermé, ils se sont retrouvés sans cadre éducatif adapté, j'ai opté pour ces vacances du souvenir, histoire de leur rappeler les bonnes manières ! Alors ? À vous maintenant.

— Très bien. Vous n'êtes pas sans savoir qu'en 1986, un drame a frappé votre camp de vacances.

— Bien sûr ! C'est donc cela !

— Vous n'ignorez sans doute pas que depuis 1989 ont lieu des fouilles archéologiques, d'abord sur le site des épaves de la bataille de La Hougue, puis sur l'île elle-même. Ce sont d'ailleurs les trouvailles faites sur les bateaux de Tourville qui ont justifié la création d'un musée maritime. Mais l'histoire de Tatihou ne commence pas en 1692, jour de la funeste bataille. L'occupation la plus ancienne de l'île remonte au Paléolithique et les archéologues travaillent dur pour mettre au jour des preuves des occupations successives de l'île par l'homme. C'est dans ce cadre que fouillent actuellement monsieur Georges Lemarchand et son équipe. Or, la semaine dernière, ils ont découvert un squelette parfaitement conservé.

Me trompai-je ou pâlit-il légèrement ? Je repris :

— Ils creusaient à l'endroit supposé de très anciennes fortifications quand une différence dans l'aspect du terrain attira l'attention du chef d'équipe. Ils entreprirent de creuser et tombèrent sur le squelette en question. Monsieur Lemarchand a cru un instant qu'il avait fait une découverte historique importante, mais il a dû vite déchanter. Le squelette, vu son état de conservation, ne pouvait pas avoir les milliers d'années qu'il espérait. C'était de toute évidence un squelette récent.

— Récent ? En quoi cela me concerne-t-il ?

— Le problème, monsieur Gambier, c'est que « récent » dans la bouche d'un archéologue n'a pas la même signification que dans la nôtre. La découverte d'un petit foulard jaune et vert sur ce squelette, un foulard de scout d'après lui, était tout à fait incongrue et éliminait définitivement la possibilité d'un habitant de l'île à une période lointaine. Il a donc fait son devoir en appelant la gendarmerie. Le commandant Colas de Saint-Vaast-la-Hougue s'est déplacé et a trouvé assez d'éléments suspects pour faire appel à la police scientifique et à un légiste qui lui-même a convoqué une anthropologue judiciaire. Celle-ci a déterminé qu'il s'agissait d'un adolescent âgé de 14 à 16 ans, enterré là depuis plus ou moins trente ans.

— Et vous croyez qu'il s'agit de Florent Leroy disparu pendant mon camp !

— Ce n'est pas tout. La nuit qui a suivi, un renard est venu fouiner autour du squelette. Chassé par le gendarme de garde, il a abandonné un trophée. Un radius, un os du bras.

— Je sais ce qu'est un radius !

— Très bien. Problème, il ne manquait pas de radius au squelette. Il y avait donc un deuxième corps dans la nature ! Malgré des recherches minutieuses, il n'a pas été retrouvé, à part un fémur dans une renardière.

— La gamine ?

— On n'en sait rien pour le moment. Les familles ont été contactées. Des recherches ADN sont en cours. Mais tout laisse supposer que les corps sont bien ceux des disparus de Tatihou. Une preuve physique tend à le prouver : le foulard sur lequel les experts de la scientifique ont pu déchiffrer les mots « les blaireaux ».

Cette fois le juge s'effondra dans son fauteuil et ferma les yeux.

— Ainsi, ils sont morts ! Pauvres gosses !

— Morts, mais pas comme on aurait pu l'imaginer, pas noyés en mer après être tombés d'un bateau qui est arrivé tout seul à Jonville.

— Mais justement ! J'ai cru à une fugue puisque le bateau était intact ! Et croyez-moi, Florent Leroy était assez malin pour disparaître dans la nature.

— En général quand un mineur fugue, on finit toujours par le retrouver, même en 1986 ! Ce n'est pas la préhistoire quand même ! Et *a fortiori* deux mineurs ! Cela ne vous a pas étonné qu'on ne les rattrape jamais ?

— Bien sûr. J'ai suivi l'affaire de près, croyez-moi. D'ailleurs j'ai un tas de papiers qui vous prouveront cela. Vous ne croyez quand même pas que j'ai quelque chose à voir là-dedans ?

Mon silence le cravacha.

— J'ai toujours fait de mon mieux. Quand les gendarmes et la SNSM ont abandonné les recherches, j'ai adhéré à l'opinion générale comme quoi ils s'étaient noyés et que les corps avaient été emportés au large.

Mon téléphone bipa. Je m'excusai, jetai un œil au SMS qui venait d'arriver. C'était Ménard qui se disait heureux qu'on travaille ensemble, mais surtout que le résultat ADN des cheveux trouvés sur la scène correspondait à l'ADN de madame Leroy.

La concordance était donc établie. Il n'y avait plus beaucoup de doutes possibles.

— Non monsieur Gambier, je ne crois pas que vous ayez quelque chose à voir là-dedans, je crois que vous auriez été plus malin. Alors la question est : voulez-vous nous aider à coincer le coupable ?

****

CHAPITRE 11

— Qu'attendez-vous de moi ?

— Que vous organisiez un week-end avec les anciens de Tatihou.

— Vous croyez que cela peut marcher ?

— Mon idée, c'est de réunir tous les protagonistes de l'époque. Après, je fais confiance à mon intuition.

— Sous quel prétexte ? Ils vont se douter de quelque chose. Et puis, je ne sais pas où ils sont, ce qu'ils sont devenus…

— Ça, on s'en occupe. Quant au prétexte, j'ai une idée, mais je ne sais pas si la principale intéressée va y adhérer.

— La principale intéressée ? Qui ?

— Votre cuisinière, Adèle Lebrun. Elle fête ses 60 ans à la fin du mois. Était-elle appréciée des enfants ?

— Pour ça oui, bien sûr. Elle leur mitonnait des petits plats, avait toujours une attention pour eux, elle faisait des gâteaux, des crèmes ou leur rapportait du continent ce qui leur manquait. Elle leur filait aussi des cigarettes en douce. Comme c'était interdit, cela faisait d'elle sinon une complice, au moins quelqu'un pour qui ils avaient de la reconnaissance.

— Croyez-vous qu'on puisse lui organiser une fête d'anniversaire, disons le week-end prochain ?

— Ce n'est pas un peu court ?

— Je voudrais être dans les dates de votre camp de 1986 et de plus le week-end prochain, le samedi tombera le 16 mars, lendemain de la date anniversaire de Florent Leroy et de sa disparition. Psychologiquement, cela peut m'être utile.

— Que voulez-vous que je fasse ?

— On va appeler Adèle et vous aller lui suggérer l'idée. Si elle refuse, évoquez votre âge, que ce sera peut-être une dernière possibilité pour vous de réunir votre petit monde, que sais-je ? Persuadez-la, mais sans donner les raisons réelles de cette réunion. Si l'on veut que cela fonctionne, il ne faut pas qu'il y ait de fuite quant au mobile de la rencontre.

— Pas de fuite. Je serai muet comme une tombe, mais la presse ? N'est-elle pas au courant pour le squelette ?

— Non. On a fait le black-out. Ils ne savent rien pour le moment.

— Très bien. Vous avez son numéro ?

— Bien sûr !

Jean Gambier appela. Adèle Lebrun décrocha à la troisième sonnerie. Je branchai le haut-parleur.

— Bonjour Adèle, c'est le juge Gambier.

Il y eut un instant de flottement, puis :

— Monsieur le juge, c'est vraiment vous ?

— Oui pourquoi ? Ai-je l'habitude de vous raconter des histoires ?

— Non, non, mais… Il y a si longtemps ! Comment allez-vous ?

Je les laissai reprendre contact, appris que la femme était veuve depuis peu et qu'elle se morfondait chez elle. Cette solitude pouvait nous servir. Ils évoquèrent le bon vieux temps puis Jean Gambier en vint au fait :

— Dites-moi Adèle, je fouillais de vieux papiers et j'ai retrouvé votre date d'anniversaire. C'est bientôt, je crois ?

— Oh pas tout de suite. À la fin du mois. Mais c'est gentil d'y penser.

Alors, il se lança, inventant son histoire avec la maîtrise d'un menteur professionnel. Aucune hésitation dans la voix, une assurance telle que la femme, pas trop enthousiaste au départ, finit par proposer elle-même d'organiser la fête.

— Si cela vous permet de revoir encore une fois vos petits… Ce sera avec plaisir.

Il papota encore un peu, puis conclut :

— Je lance les invitations et dès que je connais le nombre, je vous rappelle. N'oubliez pas ! Le week-end du 16 ! Ne vous occupez de rien. C'est moi qui invite !

— D'accord. À bientôt monsieur le juge.

Il raccrocha satisfait.

— Vous avez ce que vous vouliez ?

— C'est parfait. Rédigeons l'invitation maintenant, après je vous laisse tranquille.

— Pas de problème. Si ce n'était le côté dramatique de la disparition de ces gamins, l'idée de rechercher les coupables me galvanise, je vous l'avoue. Et puis cela met un peu de piment dans mon existence du quatrième âge !

Une heure plus tard, je quittai Cherbourg, le brouillon en poche. Je serais à Saint-Vaast juste pour l'heure du repas.

*

En arrivant, je passai par le magasin, saluant mes amis au passage.

— Alors ? Ça avance ? me demanda Christine.

— Gentiment, oui. Je sais que je t'ai demandé de te renseigner, mais…

— Désolée, mais je n'ai pas eu le temps. Hier on a eu une grosse livraison et…

— Ne sois pas désolée. En l'occurrence, on va jouer la discrétion. Moins de gens seront au courant, mieux ce sera !

— Dans ce cas, je serai muette comme une tombe.

Nous échangeâmes quelques banalités et je rejoignis l'appartement dont la salle était définitivement transformée en bureau.

— Ah te voilà ! Alors comment cela s'est-il passé ?

Je racontai et posai le brouillon sur la table.

— Il ne reste qu'à rédiger les invitations et les envoyer. Et vous ?

— Première chose, il n'y avait pas de gardien sur l'île à l'époque. À la fin des diverses colonies, l'île est restée en quelque sorte à l'abandon, ce qui lui a valu quelques dégradations et même des pillages. Ce n'est qu'après ces incidents, qu'ont été désignés des gardiens. Ils ont pris leur service bien plus tard que 1986.

— Donc, pas de complicité possible de ce côté-là. Et les colons ? demandai-je.

— On progresse. Pour l'instant, il nous manque Guy Boulet et Rose Saunier. Dans leur majorité, les autres se sont rangés. On a un garagiste, un épicier, un pizzaiolo, une aide-soignante, une femme au foyer. Chez les garçons, deux ont fait de la prison et vivent d'expédients, de chômage ou de petits boulots. L'un, Gaby Dumont, a été condamné plusieurs fois pour des infractions mineures. On l'a localisé grâce à son contrôleur judiciaire. L'autre, René Serin, a été condamné, tiens-toi bien, pour meurtre.

— René Serin, ce n'est pas déjà lui qui avait poignardé sa mère pour une histoire de mobylette ?

— C'est ça. Là, c'est une rixe dans un bar à propos d'une fille. Il a sorti un couteau et poignardé son rival en plein cœur. Cela ne te rappelle rien ?

— Ça fait penser à la façon dont est mort Florent Leroy. C'est un suspect tout désigné.

— Je ne te le fais pas dire. Il a été condamné à vingt ans, en a fait douze. Aujourd'hui, il tient un bar à putes sur le port de Cherbourg. Je doute que ton invitation « Bisounours » fasse bouger un type comme celui-là !

— C'est peut-être trop évident, dis-je.

— Il faut toujours que tu cherches la petite bête, moi je serais d'avis de le serrer et de le cuisiner jusqu'à ce qu'il reconnaisse les faits.

— Si tu fais cela, toute la stratégie vole en l'air.

— Mais ici, cela semble clair comme de l'eau de roche et l'on ferait économiser de l'argent au contribuable. C'est simple, une rivalité amoureuse qui tourne mal et la rixe qui dégénère.

Bricart vint à mon secours :

— « Semble » est le mot-clé dans cette histoire. On n'a aucune preuve et s'il n'avoue pas et, entre nous, pourquoi il avouerait, on perd toutes nos chances de coffrer le coupable qui s'évanouira dans la nature sans que nous ne puissions rien faire, même si nos convictions personnelles désignent tel ou tel individu.

— Vous êtes chiants tous les deux ! En admettant qu'on les ait tous, comment être certains qu'ils viendront ? maugréa Jumet.

— L'invitation du juge est notre meilleur atout. Ils lui doivent tous quelque chose, ne fût-ce que leur liberté anticipée au moment de la fermeture du centre de rééducation. On s'en tient à ce qu'on a décidé, puis on avisera suivant la tournure des événements.

Cela avait beau être Jumet, là il m'énervait ! J'avais rempli ma part de contrat dans le délai qui m'était imparti, il devait respecter notre accord. Mais je savais qu'il ne servait à rien de l'affronter au risque de le braquer.

Pour adoucir mes dernières paroles, je me fis toute douce :

— Tu avais promis !

Devant un tel argument, il céda, ronchon :

— Bon, je vais chercher les sandwichs.

*

L'après-midi nous apporta une triste nouvelle : Rose Saunier était décédée dans un accident de voiture lors de vacances en montagne l'an dernier. Il fallait bien s'attendre à ce qu'il y ait un peu de chutes au bout de ces nombreuses années. Guy Boulet lui, nous surprit par son choix de vie. Il était devenu prêtre et officiait dans les campagnes, allant de paroisse en paroisse pour dire la messe dans des villages où la quantité de fidèles diminuait comme peau de chagrin. Il était basé à Coutances et avait la réputation d'un homme charitable, tout dévoué à son sacerdoce.

— En voilà un qui a choisi de fuir notre monde, déclara Jumet. Il vit dans sa bulle avec Dieu et les autres. Nourri, logé, 950 € par mois, la vie est belle !

— Comme tu y vas ! Il y en a qui ont la foi.

— Il y en a, bien sûr et heureusement. Mais les récents scandales au sein de l'Église n'ont pas ravivé la mienne qui était déjà bien basse ! Qui te dit qu'il n'expie pas son crime en se cachant sous la robe ?

— Rien. Mais il fera partie des convoqués. Avoir un prêtre dans le groupe peut apaiser certaines tensions ou au contraire animer des discussions. En tout cas, ce ne sera pas inintéressant.

Le téléphone de Jumet sonna. C'était Colas. L'archéologue avait vraisemblablement trouvé les restes de l'autre tombe.

Nous décidâmes d'aller faire un tour sur Tatihou.

*

La vedette de la SNSM nous déposa au débarcadère de l'île une heure plus tard. Je me rappelai d'une visite précédente. J'étais venue en touriste avec mon mari et nous avions passé deux jours et une nuit sur l'île. Un voyage en dehors du temps, un cocon de quiétude et de tranquillité. Ce n'était pas vraiment le cas aujourd'hui. Un vent glacial venu de l'est soufflait en rafales nous obligeant à marcher courbés pour lutter contre la tempête. Ludo, le gardien, vint à notre rencontre. D'emblée, il me fut sympathique. Un homme franc et ouvert. Cela se lisait sur son visage et dans son attitude générale. Il nous mena vers le restaurant du lazaret où nous attendait Georges Lemarchand, le découvreur des tombes. Après quelques échanges, Ludo nous embarqua dans son combi Peugeot et nous conduisit d'abord sur les lieux de la première découverte. Georges Lemarchand nous expliqua, en haussant la voix pour couvrir les rafales de vent, les circonstances de sa macabre trouvaille. Aujourd'hui, il ne restait qu'un trou recouvert d'une bâche bleue. J'étais frigorifiée et regrettais de ne pas avoir de gants et un bonnet. Mars annonciateur du printemps était bel et bien en retard. On se serait cru en plein hiver !

Nous continuâmes à pied alors que Lemarchand expliquait :

— Ludo a trouvé le fémur près d'une renardière creusée dans un talus sur le sentier des fortifications. J'ai donc concentré mes recherches dans ce coin-là.

Il nous entraîna sur le sentier principal en direction de la tour Vauban, nous fit franchir le pont-le-vis, désormais fixe, qui enjambait les douves. Nous pénétrâmes dans la cour de la caserne, dépassâmes le bâtiment puis des restes arasés d'une ancienne ferme fortifiée. Nous laissâmes les poudrières à notre droite et nous nous engageâmes dans un tunnel qui nous mena à un escalier aux marches en bois grossièrement taillées dans le contrefort. Enfin, nous arrivâmes sur un sentier étroit où nous dûmes marcher les uns derrière les autres.

— La renardière est là, dit Lemarchand en désignant un point qui me sembla inaccessible entre les buissons, les ronces et les entrelacs végétaux s'organisant sur la pente raide. J'ai donc ciblé mes recherches en traçant des cercles concentriques de dix mètres de diamètre à partir de ce point zéro. Venez !

Il nous mena jusqu'au bout du chemin. Il était impossible d'aller plus loin et de faire un tour complet du site. Je me félicitai d'avoir des baskets. S'il fallait crapahuter au milieu de la végétation sur une pente raide, j'apprécierais ! Au-dessus de nos têtes, s'élevait un blockhaus datant de la Seconde Guerre mondiale. Je savais qu'ici deux casemates avaient été édifiées une au nord et l'autre au sud et, qu'à l'époque, elles étaient équipées de mitrailleuses. Ce dispositif faisait partie du Mur de l'Atlantique. À ma grande surprise, nous ne descendîmes pas vers les douves. Du point où nous étions, nous pouvions voir en contrebas la bâche protégeant la tombe de Florent Leroy. Il m'aurait semblé assez logique que la tombe de la gamine se trouve dans un périmètre proche. Quel intérêt de l'enterrer beaucoup plus loin ? À moins que le petit couple n'ait pas été tué ensemble ?

Lemarchand nous fit gravir des marches en béton menant au sommet du blockhaus. C'était raide, sans rampe, bien entendu, et surplombant le vide. J'évitai de regarder en bas. Sans avoir réellement le vertige, ce qui m'aurait paralysée, je ne me sentais pas très à l'aise. Je vacillais et aurais fini à quatre pattes pour plus de sécurité si Jumet n'était pas venu à mon secours en me tendant une main secourable.

— Ça va ?

— Ouais !

— T'inquiète pas ! On ne commande pas vraiment ce genre de sensations.

Heureusement, nous étions arrivés en haut de l'édifice.

Georges Lemarchand tendit une main vers l'intérieur de la casemate. Il y faisait sombre et après la luminosité extérieure, nous n'y voyions pas grand-chose.

— C'est là, dit-il.

Ce que nous découvrîmes, à la lueur d'une torche électrique, nous laissa muets d'horreur.

****

CHAPITRE 12

Bien dissimulé au fond du bunker se trouvait un trou profond comblé de terre sur laquelle avaient poussé au fil du temps des herbes folles occultant sa présence. Seulement le nez du renard est plus fin que celui de l'homme. La terre avait été grattée, les herbes arrachées mettant au jour des os. Sans nul doute ceux de Jacqueline Binet. Pour l'instant, nous ne voyions qu'un tas de terre, d'herbes et d'os mélangés.

— Qu'est-ce qu'on fait ? demanda Lemarchand. Je creuse ou vous voulez la PTS ?

— La PTS, déclara Jumet sans l'ombre d'une hésitation. Dieu sait ce qu'on va trouver là en dessous.

Il tenta de joindre Ménard, mais pour l'obtenir, il dut monter sur le bunker afin d'avoir un peu de réseau. Il revint la goutte au nez, frigorifié par le vent d'est.

— Il lui faut deux heures pour arriver. J'aurais pu demander l'hélico, mais dans ce cas, adieu la discrétion. Tout Saint-Vaast va se demander ce qu'il se passe sur l'île. Les correspondants de presse vont se jeter là-dessus et personne dans la Manche n'ignorera qu'il y a un problème à Tatihou. Si l'on veut garder l'effet de surprise que tu souhaites, dit-il en s'adressant à moi, ce serait foutu. J'ai appelé Colas. Vu l'heure, il envoie deux gendarmes qui se relaieront cette nuit pour monter la garde. Par contre, dit-il en se tournant vers Lemarchand, si vous pouviez installer les projecteurs qui ont servi sur l'autre scène, ce serait bien utile.

— Il faut voir ça avec Ludo. Je n'ai pas accès à ce matériel. Nous ici, on ne travaille pas de nuit, alors…

— Très bien. Il faudrait qu'un de nous attende les gendarmes, afin que le renard ne revienne pas fouiner par ici…

Je ne le sentais pas très motivé.

Bricart, pas dupe, assura :

— Je reste. Rentre au lazaret et prépare la logistique. Et toi Laura, tu as ton invitation à rédiger et à envoyer ce soir sans faute. Allez-y !

Lemarchand, bonne âme, promit de revenir avec du café et des couvertures. Nous abandonnâmes notre collègue. En principe, cela ne devrait pas durer trop longtemps. Les gendarmes de garde allaient arriver et, d'après moi, les fouilles réelles ne commenceraient que le lendemain au petit jour.

Ludo, qui nous attendait au bord du chemin, nous ramena au lazaret et promit que, dans la foulée, il irait installer les projecteurs et le générateur. Jumet resta avec lui.

— Vas-y, rentre et prépare cette invitation. Ménard te rejoindra chez Christine et vous reviendrez ici tous les deux. Je vais aider à monter le matériel et tenir compagnie à Joël. Dès que vous arriverez, on commencera le travail de fouille, décréta Jumet.

La vedette qui nous avait amenés me raccompagna à Saint-Vaast et un quart d'heure plus tard, je m'attelai à la rédaction de l'invitation. Après quelques essais, je m'estimai satisfaite. Quant à savoir si cela suffirait à déplacer les anciens, seul l'avenir nous le dirait. Il était urgent de poster les lettres si je voulais que les destinataires les reçoivent le lendemain. Il ne restait qu'à croiser les doigts pour qu'ils acceptent.

*

Ménard arriva à dix-huit heures passées. Il faisait nuit et le vent ne faiblissait pas, apportant en prime une pluie glaciale. On aurait dit que de petites aiguilles de glace menaient une danse furieuse dans le ciel du Cotentin. Nous payions cher l'année précédente qui nous avait offert un quota de soleil supérieur à la moyenne et des températures presque tropicales, inhabituelles dans la région. Là, c'était plutôt ambiance blizzard. J'appelai Jumet, lui annonçai l'arrivée du scientifique.

Il me rappela un quart d'heure plus tard.

— On remet les fouilles à demain matin. Il fait trop mauvais et même si on est plus ou moins à l'abri dans le blockhaus, c'est intenable ! Bricart et moi, on rentre. Les gendarmes sont sur place, ils gèrent.

— Très bien, dis-je avec une pensée pour les deux pauvres bougres qui allaient se relayer toute la nuit dans des conditions épouvantables.

J'appréciai de ne pas avoir à quitter le cocon de douceur offert par l'appartement bien chauffé.

Restait à trouver le moyen de loger Ménard. Il n'était pas difficile et considéra que le canapé ferait très bien l'affaire.

Une heure plus tard, Jumet et Bricart arrivaient.

— Tes invitations sont parties ?

— Bien sûr ! Qu'est-ce que tu crois, que je reste à ne rien faire ?

— J'ai pas dit ça mais…

— Tu n'y crois pas, je sais ! J'ai ajouté un carton-réponse. On saura pour la fin de la semaine si ça marche ou pas. Sinon, ce sera la manière forte et puis voilà !

Bricart sortit acheter des kebabs pour tout le monde et nous mangeâmes en établissant un plan pour les fouilles du lendemain. Dehors la tempête avait encore forci, même les goélands se taisaient sous l'assaut du vent et de la pluie. À vingt-deux heures, j'étais dans mon lit. Je m'endormis en me demandant ce que nous réservait la tombe du blockhaus et en écoutant les hommes bavarder un étage plus bas.

*

Le commandant Colas appela sur mon téléphone à sept heures et demie. Levée depuis longtemps, j'avais pris mon petit déjeuner avec Ménard qui avait ouvert un œil dès que j'étais apparue dans la cuisine. Dehors le vent faiblissait, la pluie avait cessé, remplacée par un brouillard épais. De la fenêtre de la cuisine, je distinguais à peine les mâts des bateaux de plaisance se balançant doucement dans le port, reprenant leur souffle après une nuit de lutte contre le vent. Les goélands avaient retrouvé leur voix et dans cette ambiance ouatée, leurs cris paraissaient encore plus sinistres. En haut, du bruit dans la salle de bains indiquait que mes collègues étaient arrivés à quitter les bras de Morphée.

— Votre commandant ne répond pas, fut son bonjour.

— Il est dans la salle de bains. Et puis, bonjour !

— Euh… Oui. Bon… C'est pour vous dire que la vedette vous prendra à huit heures et demie. Soyez à l'heure !

— Bien mon Commandant, fis-je un peu ironique.

J'activai les hommes et, à l'heure pile, nous embarquions avec le matériel de Ménard et Colas apparemment de fort mauvaise humeur.

— J'ai fait une nuit blanche. Les hommes qui gardent vos os m'auraient été bien utiles. Avec ce temps de merde, il y a eu des accidents, on n'a pas arrêté !

— Je comprends bien, répondit Jumet. Désolé pour vous, mais ce ne sont pas mes os mais ceux d'une jeune fille sans doute assassinée. Elle mérite bien qu'on s'occupe un peu d'elle plutôt que de laisser ses os servir de joujou à des renards en goguette, vous ne croyez pas ?

— Si, si.

— Ceci dit, nous comprenons, déclara Bricart. Je vais vous envoyer deux hommes en renfort pour un mois. Cela vous soulagera et d'ici là, nous en aurons fini, du moins je l'espère.

À l'arrivée sur l'île, Ludo, fidèle au poste, nous attendait. Il avait échangé son short contre un pantalon, seule concession à la froidure ambiante. Il nous mena au blockhaus que nous rejoignîmes cette fois à partir de la caserne en passant derrière les vestiges de la ferme fortifiée. Plus court, mais plus pentu. Habillée pour affronter le froid, j'arrivai en haut, en sueur.

En entrant dans l'espace clos, plus question d'ombres et de noirceur. Deux projecteurs illuminaient l'ensemble de la pièce, réchauffant même un peu l'atmosphère. Lemarchand était là en compagnie du gendarme de garde. Ils buvaient un café qui fumait dans des gobelets en plastique.

Le gendarme se figea et esquissa un garde-à-vous réglementaire devant son chef qui l'apaisa d'un geste de la main.

— Rentrez au lazaret. Je prends la suite.

Le jeune homme ne se fit pas prier et disparut. Ménard nous tendit ainsi qu'à Lemarchand des combinaisons stériles.

— Équipez-vous. Je crois que j'aurai besoin d'un coup de main.

Nous travaillâmes à cinq pendant toute la matinée. Lemarchand numérotait les os qui, au fur et à mesure que les hommes creusaient, apparaissaient à l'air libre. Étant celle qui avait le plus d'expérience des autopsies, vu la répugnance de mes collègues à assister à celles-ci, je fus désignée pour observer les os à la loupe à la recherche de traumatismes en attendant le retour de l'anthropologue qui serait rappelée dans la journée. Quand j'en avais terminé, je passais l'os à Colas qui l'enfermait dans une boîte portant le même numéro que celui de l'os examiné. Il était aussi chargé, sous les ordres de Ménard, de les étiqueter en notant l'ordre de la trouvaille. Bricart, crayon à papier et écritoire en main, dressait une carte précise de nos découvertes après avoir pris une photo de chaque os et de sa position dans le charnier. À quatorze heures, nous atteignîmes le fond du trou. Aucun des os récupérés jusque-là ne portait la moindre trace de coups de couteau ou de blessure par balle. Les dernières pelletées de terre retirées, nous restâmes pétrifiés.

*

René Serin ne prenait jamais son courrier avant seize heures, quand il émergeait après une longue nuit de boulot. Son bar, situé près du port de plaisance, avait une certaine réputation dans le milieu des nuits cherbourgeoises. L'établissement n'avait rien d'un boui-boui, au contraire. D'un luxe certain, il était fréquenté par des hommes d'affaires, des touristes en goguette et même quelques politiciens de la région qui venaient chercher là des sensations que leurs bourgeoises refusaient de leur apporter. La nuit avait été bonne, les filles avaient rapporté gros. Il ne regrettait pas son choix. Bien sûr, il flirtait avec la légalité, mais officiellement, il n'était pas un proxénète. Ces clients haut placés lui garantissaient une certaine impunité. Lui accueillait simplement des call-girls dans son établissement. Leur boulot était de faire boire le client et ce n'était pas de sa faute si ces demoiselles ne buvaient que du champagne à 250 euros la bouteille. Ce qu'elles faisaient de leur corps ensuite ne le regardait pas. Si elles désiraient lui laisser de bons pourboires dans son bar, c'est simplement qu'il était gentil avec elles. Il n'y avait aucune comptabilité écrite, mais René Serin avait un ordinateur dans la tête. Il savait chaque jour quelle fille avait été prise en main, combien de temps elle avait passé avec son client et, en conséquence, combien elle lui devait. Des informateurs sur le terrain s'assuraient que les filles ne travaillaient pas au black. Il savait que les mœurs l'avaient à l'œil, mais après une enfance passée en maison de correction puis douze ans de prison, il s'était juré que plus jamais il ne se ferait prendre.

Quand il releva son courrier ce jour-là, il fut étonné de trouver une enveloppe de grande qualité estampillée au nom du juge Gambier. Rien qu'à lire son nom, une foule de souvenirs lui revinrent en mémoire : des mauvais, sa condamnation et le temps passé en centre de rééducation, comme ils disaient pudiquement, mais aussi des bons. Il avait trouvé à Tatihou un esprit de franche camaraderie avec ses compagnons d'infortune. Il avait appris un métier, celui de menuisier et même s'il n'avait pas continué dans cette voie, cela lui avait servi à être rigoureux dans ce qu'il entreprenait, ce qui lui était encore utile aujourd'hui. Sa peine et son casier avaient été effacés à la fermeture du camp grâce au juge et s'il avait replongé plus tard, c'était de sa faute pleine et entière. Curieux, il ouvrit l'enveloppe et lut :

Chers amis,

Le temps a passé depuis notre dernière rencontre au camp de vacances de Tatihou. Âgé aujourd'hui de 85 ans, j'aimerais vous revoir une dernière fois, savoir ce que vous avez fait de votre vie, ce que vous êtes devenu(e)s. Notre bien-aimée cuisinière, Adèle fête, la semaine prochaine, ses 60 ans. Je vois là une bonne occasion de nous retrouver et d'évoquer le bon vieux temps. Il serait bien que vous soyez tous là. Bien entendu, ce petit week-end, samedi 16 et dimanche 17 mars prochain, sera entièrement à ma charge, puisqu'il est né de mon désir de vous revoir tous.

Rendez-vous à 8 h 30 à l'embarcadère de la jetée Feu Vert pour le départ de la navette, le Tatihou 2 pour un week-end festif à la gloire de notre amie à tous, Adèle, qui a su nous chouchouter durant de longues années.

Je compte sur vous !

C'était signé Jean Gambier.

Un carton réponse accompagnait l'invitation.

René Serin resta un moment à contempler le courrier.

Était-ce un caprice de vieillard ou… Quoi d'autre ? Qu'est-ce qui pouvait se cacher derrière cette invitation ? Revoir les autres ? Pourquoi pas ? Il hésita, le déposa sur un meuble, s'accordant le temps de la réflexion.

****

CHAPITRE 13

La vision que nous avions sur le trou aurait pu sortir d'un film d'horreur. Au fond se trouvaient un crâne, des os éparpillés, mais surtout un bras encore lié par un anneau de fer à une chaîne fixée dans le mur de gauche. Sur la droite, un trou bien rectangulaire donnait sur une masse de terre compacte.

— Nom de Dieu ! jura Jumet. Elle a été attachée au fond de ce trou et elle y est morte.

On pouvait facilement imaginer le calvaire de la toute jeune fille. Abandonnée, seule au fond de ce bunker à environ 1 m 50 de profondeur, attachée à la paroi sans aucune possibilité de se libérer. Suivant sa taille, debout, il ne devait y avoir que sa tête qui dépassait.

— Peut-être qu'elle était morte avant, essaya Colas.

— Quel serait l'intérêt d'attacher un cadavre ? Elle ne risquait pas de s'en aller, aboya Bricart. Non. Elle a été immobilisée de son vivant.

— D'ailleurs, ajoutai-je, regardez. Son poignet est cassé. Elle a tout fait pour se détacher. Elle a dû tordre son bras dans tous les sens pour tenter de sortir de l'anneau jusqu'à se fracturer l'os.

— Tu en déduis quoi ? lança Jumet tandis que Ménard commençait les relevés autour du poignet et de l'anneau.

— Elle a été enfermée ici vivante. Attachée, elle est morte sans revoir le jour.

— Morte, oui, mais comment ?

— Difficile à dire. Je ne suis pas anthropologue. Je n'ai pas vu de traumatisme sur les os que j'ai examinés, mais elle a pu prendre un coup de couteau, puisque cela semble être le mode opératoire de l'agresseur, dans des organes mous et se vider de son sang.

C'était tout ce que je souhaitais, car l'autre possibilité tenait de la torture la plus cruelle :

— Ou alors, elle a été abandonnée là, comme le suggère son entêtement à se libérer, comme le prouve son poignet cassé, et elle est morte de faim et de soif, continuai-je la bouche sèche.

Ménard intervint :

— Si elle a fait une hémorragie, l'analyse de la terre du fond montrera un taux de fer plus élevé qu'ailleurs, il y aura des traces de sang même infimes. Mais je n'y crois pas. Désolé pour elle, mais je pense que la deuxième possibilité est plus proche de la vérité. L'anthropologue pourra déterminer à l'analyse des os s'il y a eu dénutrition.

— Si elle était « juste » attachée, souligna Bricart, elle a dû crier, puisqu'elle avait assez de force pour se tordre le bras. Quelqu'un aurait dû l'entendre.

— Attendez !

L'injonction sortait de la bouche de Ménard.

— Regardez autour de vous.

Nous obéîmes sans comprendre.

Enfin, je lâchai un cri :

— Oh non ! Pas ça !

Le sol du bunker était en béton. Il était souillé d'herbe et de terre, mais il n'y en avait pas une couche suffisamment épaisse pour boucher ce trou profond.

— Quoi ? aboya Jumet.

— Le tueur a amené la terre. Sans traumatisme apparent, on peut supposer qu'il l'a enterrée vivante, lâcha Ménard dans un souffle.

— Tu plaisantes, là ! Ce n'est pas drôle !

— Non, je ne plaisante pas. Pas sur un cas comme celui-ci.

— Comment peut-on en être certains ?

— À cause de ça ! répliqua Ménard en désignant la paroi du trou au-dessus de l'anneau.

Il passa un pinceau sur la paroi. Des traces de griffures apparurent clairement.

— D'accord, dit Bricart plus pâle que d'habitude devant la découverte d'un corps. Il l'a descendue dans ce trou et pour être certain qu'elle ne s'enfuie pas, l'attache avec cet anneau…

— Cela suppose la préméditation. Il a fallu sceller l'anneau avant de l'amener ici, affirma Jumet.

— Le trou est d'origine, déclara Ménard, sinon les parois ne seraient pas en béton comme le reste du bunker. C'est une sortie de secours. Il y en a dans les blockhaus du Mur de l'Atlantique. Cela permettait aux soldats de s'échapper en cas d'effondrement de la sortie principale lors des bombardements[1].

1. Ce genre de sorties de secours existait réellement dans les blockhaus. Je ne les ai pas constatées à Tatihou. Ici mon imagination se sert de l'histoire !

Voyez, cette ouverture rectangulaire à droite, c'est la trace d'une porte, d'ailleurs on voit encore la place des charnières. Derrière, il y avait un tunnel menant à l'extérieur. Mais depuis le temps, il s'est effondré et maintenant, il est bouché.

— Est-il possible que l'anneau le soit aussi ? demandai-je.

— Je ne crois pas. Je n'en vois pas l'intérêt.

— Donc, je résume, fit Jumet. Il l'enlève, la met là-dedans et l'attache à cet anneau qu'il a installé avant.

— Peut-être avait-il l'intention d'abuser d'elle et de revenir quand ça lui chantait.

La supposition émise par Colas était plausible. Jumet continua :

— S'il voulait garder la fille en vie, il fallait qu'il se débarrasse de Florent Leroy d'abord. Il se serait inquiété de ne plus voir sa copine et l'aurait cherchée partout dans l'île, il aurait bien fini par la trouver. L'île n'est pas si grande.

— Admettons, dis-je, mais comment la faire taire ? D'ici, si elle hurle, cela aurait attiré l'attention.

— Il la bâillonne ?

— Possible, même probable. Donc, attachée, elle se débat de toutes ses forces, griffe les murs…

— Sans doute en tentant d'arracher l'anneau, dit Ménard qui avait le nez collé sur les traces de griffures. Regardez, les coups de griffes se concentrent autour de l'attache de la chaîne… Pauvre gosse ! J'imagine la panique.

Il valait mieux ne pas y penser et nous concentrer sur les éléments dont nous disposions pour tenter d'appréhender le monstre à l'initiative de ce calvaire.

— Je ne comprends pas, dis-je.

— Quoi ?

— Elle était attachée de la main gauche. Donc, on peut supposer que les griffures ont été faites avec la main droite, d'accord ?

— Oui, c'est logique. La main gauche immobilisée, elle se sert de la droite, comme tout le monde, répondit Bricart qui ne voyait pas où je voulais en venir.

— OK. Alors pourquoi n'a-t-elle pas arraché son bâillon de la main droite et hurlé jusqu'à ce qu'on la trouve.

Même devant son squelette, j'avais envie de trouver une solution qui aurait permis à cette gamine de s'en sortir. Idiot, je le savais, on ne réécrit pas l'histoire. Mais c'est comme le film *Titanic*, on a toujours l'impression que les héros pourraient s'en sortir, même si on connaît la fin de l'histoire.

— Peut-être qu'elle n'a pas pu le faire, dit Ménard en fouillant le sol près du crâne. Elle avait sans doute quelque chose dans la bouche qui l'empêchait de crier. Je viens de poser le pied par hasard sur un truc dur et rond… Voyez…

— Ne bouge plus, fit Jumet, en sautant dans le trou, juste à côté de son collègue, tandis que Lemarchand reculait.

— Mais… Merde !

— Quoi ?

Je ne comprenais rien à la tension qui subitement paralysait l'atmosphère.

Bricart, lui, semblait avoir compris.

— Sors d'ici, tout de suite. Emmenez-la, Commandant.

Avant de comprendre ce qu'il m'arrivait, je me trouvai catapultée dehors par Colas et entraînée jusqu'en bas de la petite colline.

— Que se passe-t-il ?

Le ton employé ne laissait pas d'autre choix à Colas que de répondre.

— Je ne suis pas certain. D'en haut, je ne voyais pas très bien. Mais je suppose que c'est piégé ou quelque chose dans le genre.

— Merde !

Je me précipitai vers le bunker. Je ne laisserais pas mes coéquipiers seuls dans les ennuis. On est une équipe ou on ne l'est pas !

— Pas question ! ordonna Colas en me rattrapant par le bras. J'obéis aux ordres du major Bricart et il a dit de vous exfiltrer, alors, vous attendez ici. Vous n'aiderez pas cette fille si vous sautez sur une bombe !

J'allais répondre vertement qu'il n'avait pas d'ordre à me donner quand mon téléphone bipa.

Bricart. Un SMS.

Sauvegarde la vidéo que je t'envoie en direct.

Je fixai l'écran de mon téléphone. Colas vint regarder au-dessus de mon épaule. Comme il était beaucoup plus grand que moi, il avait une vision parfaite.

Lemarchand tenait le téléphone. Il expliqua face à l'écran :

— Juste après guerre et avant l'ouverture du centre de rééducation, plus de 2 500 mines ont été retirées du site par les démineurs. Mais là, il ne s'agit pas d'une mine, sinon, nous ne serions plus là ! Par contre, je crois que votre collègue a le pied sur un engin explosif, peut-être une grenade offensive…

Je voyais Jumet à quatre pattes en train de retirer la terre avec la pelle en tissu servant habituellement à sortir les corps. Bricart faisait des gestes, mais je n'entendais pas ce qu'il disait.

Je me surpris à prier : « Faites qu'il ne leur arrive rien. » S'il y avait un bon Dieu, c'était le moment ou jamais pour qu'il m'écoute.

— Ça peut exploser ? demandai-je à Colas dont je sentais le stress croître dans mon dos.

— Une ancienne munition, de n'importe quel type que ce soit, peut toujours exploser. Si elle a tenu jusque-là, c'est qu'elle n'a pas été dégoupillée ou qu'elle est défectueuse… Il ne faudrait pas que Ménard en mettant son pied dessus l'ait amorcée. Mais si c'était le cas, elle aurait sans doute déjà explosé.

— Au moins, c'est rassurant ! Pourquoi dit-il « grenade offensive » ?

En armes de guerre, je n'y connaissais rien et à part les grenades lacrymogènes utilisées dans les manifs, je ne voyais pas de différence entre ces engins de mort. Je ne quittais pas l'écran des yeux. Jumet levait le pouce. Bricart soutint Ménard pendant qu'il retirait tout doucement son pied de l'engin. Rien ne se passa. Ouf !

Colas expliqua :

— Offensive parce qu'elle est destinée à exploser dans un espace clos en provoquant un effet de souffle, on dit blast. Cela provoque une onde de choc qui se poursuit dans le corps de l'adversaire, créant des lésions graves comme un pneumothorax par exemple. L'ennemi est HS et le lanceur peut passer à l'attaque.

— On l'a échappé belle !

— Je pense que ce doit être une grenade américaine ou anglaise, pour se trouver dans un bunker allemand. C'était une bonne façon de faire sortir l'ennemi de son trou !

— S'il en était encore capable ! Mais qu'est-ce que ce truc fait à côté du corps de la gamine ?

Sur l'écran, je voyais Ménard se pencher sur le crâne. Jumet apparut en haut de la butte. Il téléphonait.

— Je suppose qu'il appelle les démineurs pour qu'ils viennent récupérer l'engin, dit Colas.

Bricart, Lemarchand et Ménard arrivèrent à leur tour. Ils descendirent tous à mes côtés.

— C'est gentil de vouloir me protéger, mais…

— Mais rien du tout, fit Jumet bourru. On est censés protéger ses coéquipiers. Cela ne servait à rien de t'exposer ! Bon, les démineurs vont venir chercher la grenade qui heureusement n'a pas bougé. Par contre…

— Quoi ?

Il se tourna vers Ménard.

— Dis-lui, toi.

Il prit une grande inspiration :

— La mâchoire de la gamine est décrochée. Cela peut être dû à l'âge du squelette, ou à des chocs sur les os donnés par le tueur par exemple, mais…

— Vas-y !

— Je pense que pour la faire taire, on lui a mis un bâillon dans la bouche. Pourquoi ne l'a-t-elle pas enlevé ? Probablement à cause de la grenade, sans doute une oubliée de la guerre. Le tueur a pu s'en servir pour terroriser la gamine. Même si elle n'était pas dégoupillée, la fille, qui n'y connaissait sûrement rien, ne devait plus oser émettre le moindre son ni faire le moindre geste. C'est comme ça que je l'ai trouvée juste à côté du crâne.

— Tu es sûr de toi ?

— Plus ou moins. Je ne peux pas être certain à 100 %. Mais je crois que ce scénario est plausible. Et il répond à nos questions. Après, elle est morte, peut-être parce qu'elle s'est étouffée ou qu'elle a vomi, ce qui revient au même. En revenant voir son otage, le tueur l'a trouvée morte et l'a ensevelie. Je préfère ça à un enterrement de son vivant. L'idéal pour elle reste le coup de couteau, mais il serait étonnant qu'il n'ait pas touché un os au passage et donc laissé une trace… Sans les aveux du tueur, on ne saura pas exactement ce qu'il s'est passé.

Je fermai les yeux. J'imaginais, la bouche envahie par le bâillon, le manque d'air, les nausées et le bras prisonnier. Je souhaitais qu'elle soit morte rapidement. Quant à moi, j'allai faire payer le monstre qui avait fait ça. Je me le jurai.

****

CHAPITRE 14

Nous finîmes de conditionner les os qui seraient envoyés à Pasteur où Myriam Sorel, l'anthropologue rejoindrait Bedel dans la journée.

Après une pause au lazaret où le cuisinier nous requinqua avec un couscous, nous passâmes l'après-midi à tamiser la terre retirée du trou à la recherche du moindre indice matériel qui pourrait nous en apprendre plus. Nos efforts ne furent pas vains. Nous découvrîmes quelques longs cheveux blonds, ceux de la victime sans doute, mais aussi des filaments de tissus verts et jaunes, probablement les restes du foulard de la jeune fille, d'autres marron et bleus ainsi que des bouts de Scotch marron tout déchiquetés.

— Il faudrait savoir comment elle était habillée le jour de sa disparition, dis-je. Ce sont peut-être les restes de ses vêtements. Le Scotch a certainement servi à fixer le bâillon.

Comme dans l'autre tombe, il n'y avait pas trace de chaussures.

— C'est quand même étonnant. Qui se promène sans chaussures ? se demanda Jumet à haute voix.

— Peut-être que le tueur les leur a fait enlever, dis-je.

— Admettons, mais dans quel but ?

— On peut imaginer n'importe quoi. Un fétichiste des chaussures ou encore qu'il les leur ôte pour les faire marcher jusqu'à l'endroit qui l'intéresse en diminuant le risque de les voir fuir sous son nez. Il n'est pas facile de se déplacer sans chaussures. Nos pieds délicats ralentissent nos déplacements quand ils ne sont pas protégés. Il n'y a qu'à voir comment on se déplace sur une plage un peu caillouteuse !

Ménard enchaîna :

— Je rentre avec tout ça. Je file sur Caen et je fais toutes les analyses. Dès que j'ai quelque chose, je vous appelle.

— Nous aussi, on rentre. Il n'y a plus grand-chose à faire ici en attendant le week-end. On va mettre les dernières choses au point à Saint-Vaast. Il y fait plus chaud !

La marée basse obligea le *Tatihou 2* à se servir de ses roues pour regagner le continent. Le retour au port se fit par la grève, entre les « tables » sur lesquelles reposaient les poches grillagées contenant les célèbres huîtres de Saint-Vaast-la-Hougue dont la particularité est d'être cultivées à plat. Un régal pour les amateurs.

Le bateau amphibie qui amusait beaucoup les touristes faisait aussi partie du charme de l'excursion à Tatihou. Mais la marée pouvait aussi nous poser un problème : deux fois par jour, n'importe qui pouvait accéder ou quitter l'île à pied. Et si le tueur n'avait rien à voir avec le camp ? S'il était venu de l'extérieur ?

Je m'obligeai à me concentrer sur ce qui avait été organisé. Si le week-end ne donnait pas de résultat, il serait toujours temps de réorienter nos recherches.

*

Quelques jours plus tard, le juge Gambier me téléphona.

— Ça y est, j'ai reçu les cartons. J'ai des réponses favorables. En tout six réponses positives.

— Ah, dis-je un peu déçue. J'avais espéré l'unanimité.

— Il m'en manque deux : René Serin…

René Serin, celui qui avait déjà tué. S'il était coupable comme le subodorait Jumet, normal qu'il ne réponde pas ! Il faudrait faire appel aux gendarmes et cela gâcherait mon plan. Je soupirai. Je n'avais pas d'autre choix.

— Et l'autre manquant ?

— Manquante : Éliane Legros.

La femme au foyer. Qu'avait-elle à cacher ?

Le juge reprit la parole :

— Vous ne me connaissez pas, je ne lâche jamais le morceau !

Qu'avait-il pris comme initiative ?

— J'ai appris par mes relations dans la police que cet homme tenait maintenant un bar…, disons un bar de rencontres sur le port. Donc, hier soir j'y suis allé prendre un verre.

— …

— Ne vous inquiétez pas ! Je n'ai pas vendu la mèche ! Comme c'est moi qui étais censé avoir envoyé les invitations, j'étais aussi censé connaître les adresses, vous ne croyez pas ?

— Si, si. Continuez.

— J'ai été bien reçu, le Canari est une vieille connaissance. Son côté gavroche m'a toujours séduit !

— Ce n'est pas le cas de ses victimes, maugréai-je.

— Non bien sûr. C'est un colérique et quand il explose, il va très loin comme vous venez de le souligner. Mais en dehors de cela, il est plutôt plaisant. D'ailleurs, son affaire ne marcherait pas aussi bien et ne serait pas fréquentée par des gens… disons des gens bien, si ce n'était pas le cas.

— L'avez-vous convaincu ?

— Vous me devez 500 euros !

— Pardon ?

— C'est le prix des deux bouteilles de champagne que j'ai dû payer aux filles de permanence pour passer assez de temps au bar et parler du bon vieux temps avec le propriétaire. Mais cela a été très instructif. Ce bon Canari ne vit pas seul. Il est en concubinage avec une autre de nos connaissances : Éliane Legros, l'autre réponse manquante. D'ailleurs vers deux heures, la dulcinée est apparue. Elle semblait ravie de me voir et je l'ai trouvée bien conservée. En tout cas en fonction de la vie qu'elle a vécue. D'après ses confidences, elle a tapiné pour le Canari jusqu'il y a deux ans. La cinquantaine arrivant, René a dû estimer qu'elle avait droit à une vie un peu plus calme…

— Ou il voulait une bonniche à la maison. C'est elle la femme au foyer, d'après mes notes.

— Si j'ai bien compris, ils vivent dans son appartement à elle. Pas très loin de chez moi d'ailleurs.

Je suis même étonné que l'on ne se soit jamais rencontrés par hasard ! Comme quoi, les amours de jeunesse peuvent perdurer !

— Ils étaient déjà ensemble au temps des camps ?

— Ça flirtait, mais quoi de plus normal entre adolescents ?

— Bien sûr. Alors ? Ils viennent ou pas ?

— Ils viennent, grâce à Lili, enfin Éliane. Elle était partante, lui beaucoup moins, mais elle l'a convaincu.

— Parfait ! Et l'éducateur, attendez… Hervé Lequertier et l'animateur, Pascal Palois, vous avez des nouvelles ?

— Oui. Ils ont accepté aussi. Mais Palois est en fauteuil roulant. Il aura besoin d'aide.

— Paralysé ?

— Accident de moto à trente ans…

Décidément la route avait fait son lot de victimes dans la petite communauté.

— OK. Je vais prévenir l'intendance.

Dès que nous eûmes raccroché, j'avisai Jumet. Il parut étonné du succès annoncé du week-end.

— Je n'y croyais pas, avoua-t-il.

— Je sais. Mais les gens créent des liens et l'âge venant, ils aiment se replonger dans leur jeunesse. Tu n'irais pas à une réunion d'anciens élèves ?

Son silence en dit long !

— Tu es asocial !

— Je sais, mais ça me va bien ! OK. On se retrouve vendredi chez ta copine pour les dernières mises au point. Dix heures, ça ira ?

— Je vais lui demander son avis peut-être !

— Bien sûr. On fait comme ça ! À vendredi !

*

Heureusement que Christine était une vraie amie et une défenseuse de la justice. Elle ne fit pas de difficulté pour nous prêter une fois de plus l'appartement. Nous nous y retrouvâmes le vendredi matin pour faire un dernier point avant d'aller prendre nos quartiers à Tatihou.

— J'ai les rapports de Ménard, annonça Jumet d'emblée.

— Alors ? Qu'est-ce que ça dit ?

— Il a comparé l'ADN du radius à celui de la mère de Jacqueline Binet. C'est bien le même.

— La mère a été prévenue ? demandai-je.

— Oui. Comme elle habite Caen, Joël s'en est chargé.

Celui-ci approuva d'un signe de tête.

— J'ai été étonné. Je pensais débarquer dans un milieu défavorisé. Ce n'est pas le cas. Cette gamine avait à peu près tout ce qu'elle voulait. Sa mère n'a jamais compris pourquoi elle s'était mise à voler. Au début, c'était des petits riens. Cela allait de la menue monnaie à la maison à de la nourriture dans les magasins et des sachets de mayonnaise dans les restaurants. Les parents ont vu un psy qui a parlé de cleptomanie. Ce besoin de voler s'apparente à une maladie mentale.

— Dans ce cas, que faisait-elle dans un centre de rééducation ? Elle aurait été mieux à l'hôpital, remarqua Jumet.

— Tu as raison, dis-je. C'est un trouble du contrôle des impulsions. Il ou elle a du plaisir à voler puis s'en veut d'avoir fait du tort parfois à des personnes proches.

Souvent, il tombe dans la dépression. Si la prise de conscience de la maladie apparaît chez l'individu, il peut passer à un vol plus grave avec l'intention de se faire arrêter. C'est peut-être ce qui est arrivé à Jacqueline Binet. Mais au début des années 1980, on envisageait moins vite des psychothérapies qu'aujourd'hui. Sa cleptomanie était peut-être juste un appel au secours. Est-il possible qu'elle ait subi des violences psychologiques ? Était-elle battue ou encore agressée sexuellement par un proche ?

Bricart haussa les épaules.

— Je n'en sais rien. La mère avait l'air bien. Elle vit seule aujourd'hui dans un appartement très convenable près de l'abbaye aux Dames. Elle ne m'a pas donné l'impression de quelqu'un qui martyrise ses enfants.

— Il aurait fallu faire une enquête sociale à l'époque. Gambier doit savoir cela.

— Qu'est-ce que ça change maintenant ? remarqua Jumet toujours pragmatique.

— C'est vrai. Alors quoi d'autre ?

— Les cheveux n'avaient pas de bulbes, donc pas d'analyse possible. Ce sont ceux d'une vraie blonde, c'est tout ce qu'il peut dire.

— Comme Jacqueline.

— C'est ça. Pour les tissus, le vert et jaune correspondent bien au foulard des Blaireaux. Le marron est un mélange de coton et de synthétique, le bleu du coton seul.

Bricart intervint :

— J'ai demandé à la mère si elle savait comment sa fille était habillée le jour de sa disparition. Les gendarmes de l'époque lui avaient soumis le reste des effets personnels pour qu'elle trouve par déduction ce que portait sa fille. Mais elle en a été incapable. La gamine faisait seule ses bagages.

— Quand ma fille avait 14 ans, il aurait manqué beaucoup de choses dans sa valise si je ne m'en étais pas mêlée, dis-je avec un petit sourire nostalgique.

— Ouais, mais là non. L'avis de disparition a été établi d'après le témoignage des autres colons. Colas est arrivé à me le ressortir.

Il me tendit deux feuilles. Chacune portait le nom et une photo des disparus, un signalement morphologique et, avec réserve, la façon dont les jeunes étaient habillés au moment de leur disparition. Jean, chemise à carreaux rouge et bleu pour Florent, chemisier bleu et jupe marron pour Jacqueline.

— Donc, les filaments proviennent bien de ses vêtements.

— Oui, mais il y a autre chose. Pour l'instant, cela ne nous sert pas à grand-chose, mais ça va peut-être venir.

— Quoi donc ?

— Malgré la petitesse des morceaux, Ménard a pratiqué un *tape listing*, c'est-à-dire…

— Je sais, il a appliqué des bandes adhésives sur les morceaux de tissu.

— Exact. La bonne nouvelle, c'est qu'il a trouvé d'autres fibres, probablement arrivées sur les vêtements de Binet par transfert.

— Cela peut être des fibres des vêtements de Florent, dis-je. Ils étaient amoureux donc, ils se sont forcément touchés.

— Oui, mais ces fibres sont bleues et surtout synthétiques. Cela ne peut pas provenir du jean de Florent ni de sa chemise qui, d'après sa mère, était en coton très épais, genre chemise de bûcheron. Du coup, Ménard a appliqué la même technique sur le foulard de Florent. Même résultat. Ils ont tous les deux été en contact avec une personne portant du synthétique bleu ! De plus, ces fibres sont maculées de graisse. L'analyse est encore en cours pour plus de précision.

— C'est donc probablement la première trace physique laissée par le tueur, dis-je. Il a forcément touché ses victimes et les fibres ont migré. Reste juste à trouver qui portait un vêtement bleu synthétique, il y a trente ans !

****

CHAPITRE 15

Avant de quitter Saint-Vaast, nous avions encore glané quelques informations. Dans la semaine, Bricart avait ordonné la mise sous vidéosurveillance des bâtiments de l'île. Colas était chargé de cette mission. L'anthropologue, de son côté, avait reconstitué, à partir des os du bunker, un squelette auquel il manquait plusieurs parties. Cependant, il y en avait assez pour confirmer qu'il s'agissait de celui d'une adolescente. Des analyses ADN comparatives avec celui du radius confirmaient qu'il s'agissait de Jacqueline Binet. L'examen des os retrouvés authentifiait ma première impression : pas de trace de coups de couteau. Cependant, Myriam Sorel se montra prudente. Dans les os manquants, il y avait des côtes. Une lésion pouvait très bien se situer sur une de ses côtes ou sur un des autres os manquants. Nous ne saurions sans doute jamais comment la malheureuse était morte, à moins que le meurtrier avoue son crime.

Nous nous étions installés sur l'île comme de simples touristes dès le vendredi soir. Nous avions pris le dernier bateau à dix-sept heures. Ludo nous accueillit à la cale en spécifiant que le juge avait fait livrer dans la journée toutes les victuailles nécessaires pour au moins quatre jours. Pour ma part, j'espérais bien que nous en aurions terminé pour le dimanche soir. De toute façon, certains des « invités » travaillaient et voudraient repartir pour le lundi matin. Je ne voyais pas comment nous aurions pu les retenir après le week-end à moins d'un ordre venant d'un magistrat. En quarante-huit heures, nous devions résoudre une affaire vieille de trente ans. Si nous échouions, il y avait de gros risques de ne jamais pouvoir l'élucider. Nous nous dirigeâmes vers le lazaret en grelottant. Ludo nous abandonna au niveau du secrétariat en lançant :

— À tout de suite.

Il faisait de plus en plus froid. Le ciel bas et gris n'annonçait rien de bon.

— On croirait qu'il va neiger, dis-je.

— T'es folle, rétorqua Jumet. On est le 15 mars !

— Folle, peut-être pas tant que ça. Rappelle-toi, en 2013. La neige était tombée comme jamais un 11 mars. Toute la presqu'île du Cotentin a été bloquée. Il y avait des congères sur la quatre-voies. Les gens sont restés prisonniers dans leur voiture durant des heures, parfois la nuit entière. L'armée avait été appelée en renfort pour les extraire et les amener dans des gymnases…

— Toujours optimiste, railla mon chef. Déjà, on est huit jours plus tard et autant que je sache, la météo n'annonce rien de tel.

— Parce que tu crois encore à la météo ? demandai-je. Ce ne serait pas la première fois qu'ils se trompent !

Gaëtan nous accueillit au restaurant et nous distribua nos clés de chambre. Deux pour trois. Il fallait bien garder les autres pour nos nombreux invités. Il nous accompagna ensuite dans un bâtiment portant une plaque annonçant « Maison des équipages et chambre à parfum », fonctions occupées par ce bâtiment de 1722 à 1860. Il fut ensuite le logement des chercheurs du Museum d'histoire naturelle et enfin celui du centre de rééducation avant de recevoir aujourd'hui des touristes ou des élèves en classe de mer. Que d'histoires auraient pu raconter ces murs ! Nos chambres se situaient à l'étage, accessible par un escalier extérieur. Une chambre double pour mes collègues, une simple pour moi. Elles étaient comme dans mon souvenir : offrant tout le confort nécessaire, un bon lit, une armoire, un petit bureau, une salle de douche et un W-C privé, mais un peu spartiates quand même. Pas de télé, ni de luxe inutile à Tatihou.

— Le juge et la cuisinière dormiront au rez-de-chaussée de ce même bâtiment, expliqua le jeune Gaëtan mis dans la confidence par Colas sous le sceau du secret.

J'étais persuadée qu'il adorait être mêlé à une enquête policière et n'était pas loin de se prendre pour le nouveau Columbo !

— Les anciens colons et les deux autres adultes seront logés dans le bâtiment en longueur derrière le restaurant. Ça vous va comme ça ?

— Très bien, approuva Jumet. L'installation vidéo a-t-elle été mise en place ?

— Oui. Des gendarmes sont venus tout organiser hier. Il y a des caméras de surveillance dans toutes les parties communes, couloirs, restaurant et foyer.

Pour des raisons légales, il n'y en a pas dans les chambres, ni dans les salles de douche.

— Bien sûr. Et la salle de contrôle ?

— Elle a été installée au secrétariat, au rez-de-chaussée de l'ancien hôpital du lazaret. Aujourd'hui, on y trouve des bureaux et un centre de documentation. Ludo a son appartement au-dessus. C'est la première maison à votre gauche en entrant. C'est là que le WI-FI est le meilleur. D'ailleurs Ludo vous attend là-bas pour une démonstration et des réglages, s'il y en a à faire.

Nous le remerciâmes et il s'en retourna vers le restaurant en spécifiant :

— Le repas est à dix-neuf heures.

Nous nous installâmes, puis décidâmes d'aller vérifier les caméras de surveillance. Nous passâmes par le restaurant où de délicieuses odeurs de cuisine nous titillèrent les narines. Pas encore dans le stress de l'action, je laissai mon regard errer sur les murs où quelques toiles bucoliques et quelques marines tentaient, en compagnie de plantes vertes, de donner un aspect humain à cette pièce immense capable de recevoir des dizaines d'élèves ou de visiteurs à la fois. Meubles en bois noir, poutres apparentes et lampes de type industriel suspendues sous une voûte haute donnaient une jolie cantine, mais pas une impression d'intimité.

Lorsque cette salle était pleine d'enfants, cela devait être particulièrement bruyant ! À trois, nos voix résonnaient comme dans une église ! Nous nous surprîmes à parler bien plus bas que d'habitude !

— Vous voyez les caméras ? demanda Jumet.

Bricart en trouva trois, moi, une, mais une bien cachée au milieu d'un entrelacs de tuyaux apparents nous rappelant que, sans nul doute, les plus anciens pensionnaires de Tatihou n'avaient pas eu droit au chauffage.

Au fond du restaurant, une porte donnait sur des sanitaires. Dans ce petit hall aussi une caméra avait été installée. Dans l'enfilade commençait un autre couloir sur lequel s'ouvraient les portes des chambres, deux lits par pièce et un coin sanitaire, le luxe pour des classes de mer ou des séminaires d'entreprises. Une caméra à chaque bout couvrait le couloir.

Jumet grimaça :

— Il en aurait bien fallu une au milieu, vu la longueur !

— S'il en reste au PC, ce n'est peut-être pas trop tard, estima Bricart.

— Où se trouve le foyer ?

— Venez, c'est par ici.

Je les guidai à l'extérieur à travers le jardin qui à lui tout seul valait le déplacement. Protégées par les digues et les murs du lazaret, qui les défendaient des tempêtes et des embruns, se développaient ici des espèces exotiques que nous n'avons pas l'habitude de rencontrer dans notre belle Normandie. Vipérines, aeoniums, echiums, yuccas et palmiers poussent avec vigueur. Eucalyptus et bananiers ne sont pas en reste tandis qu'aloès et agaves prospèrent le long des allées, tout comme les plantes succulentes dont le nom ne vient pas de leur goût (d'ailleurs, il vaut mieux ne pas les manger !), mais du fait que ces plantes grasses sont adaptées à pousser en terrain aride et resistent au sel.

— C'est dingue, fit Bricart. On a l'impression d'être dans un pays tropical !

— Ouais. C'est un monde à part, admit Jumet.

— Vous voulez dire que c'est magnifique, dis-je. Je passerais des heures à me promener au milieu de ce jardin et à contempler chaque fleur, chaque plante.

— T'as autre chose à faire aujourd'hui !

Jumet avait l'art de me remettre les pieds sur terre !

— Alors, où est-il ce foyer ?

Forte de mes souvenirs, je les menai vers un bâtiment bas situé sur le côté du château d'eau, abrité dans une haute tour carrée. Le foyer avait été aménagé dans l'ancien local des pompes du même château d'eau. Aujourd'hui, c'était une grande salle accueillante aux petits pavements rouges et aux murs chaulés de blanc. Une grande table en bois massif et ses bancs pouvaient accueillir au moins huit personnes. Dans un coin, une petite table ronde et ses chaises de type Thonet invitaient aux jeux de cartes. Une bibliothèque et un espace salon organisé devant une très belle cheminée complétaient l'ensemble. Dans un angle, une télévision était allumée sur une chaîne d'info.

— Je vois deux caméras, annonça Bricart dont l'œil était exercé. Bien positionnées, elles couvrent la pièce. C'est parfait.

— OK, allons au PC, intima Jumet.

Arrivés au bâtiment administratif, nous eûmes la surprise d'y retrouver Colas en civil.

Après les salutations d'usage, il annonça :

— Vu votre tactique, j'ai préféré laisser l'uniforme au placard !

— Bien vu, fit Bricart. Vous êtes-vous organisé comme je vous l'ai demandé dans la semaine ?

— Oui, bien sûr. Je resterai ici, quoiqu'il arrive. Ludo m'a fait un coin là-haut. Le gendarme Lucet, spécialiste de la vidéosurveillance, arrivera demain matin bien avant vos invités. Lui et moi, nous nous relaierons pour qu'il y ait toujours quelqu'un devant les caméras. Elles sont aussi équipées de micro, mais nous n'avons pas ici de quoi isoler des sons. On ne comprendra ce qu'ils disent que s'il n'y a pas trop de bruit de fond.

— Donc, exit le restaurant et le foyer, dis-je.

— L'analyse des images reste valable. S'il y a des comploteurs, je les imagine mal en train de discuter de leurs affaires en compagnie.

— Vous avez raison, admis-je.

— Une petite démonstration ? proposa le gendarme.

Il appuya sur un bouton et apparurent à l'écran les images de notre tour de reconnaissance.

— Ce matériel enregistre les images et les sons. Si vous n'en avez pas besoin, elles seront effacées au bout d'un mois comme l'exige la loi. Si elles peuvent servir de preuves dans un futur procès alors elles sont gardées, évidemment.

Ludo apparut :

— Ça vous va ?

— Très bien.

— De toute façon, je reste. J'espère que vous arriverez à coincer l'empaffé qui a tué ces gamins !

— Nous aussi, croyez-le.

— Si vous avez besoin d'un coup de main, n'hésitez pas. Je connais l'île mieux que ma poche. En attendant, si on allait manger ?

Benjamin, le cuisinier, nous avait gâtés. Feuilleté aux fruits de mer, sole à la nage, fromage et gâteau poires-caramel, voilà qui nous changeait agréablement des menus dont nous avions l'habitude lors de nos enquêtes !

Après le repas, les hommes se rendirent au foyer tandis que je me retirais dans ma chambre. Je me pelotonnai sous la couverture. Le vent tentait de se faufiler par les interstices des vieilles fenêtres. Son sifflement aigu résonnait comme une menace.

Qu'allait-il se passer le lendemain ?

****

CHAPITRE 16

Nous eûmes une ultime réunion à sept heures, au petit déjeuner. Il fut décidé que Jumet se montrerait le moins possible. Il resterait de garde à la salle de contrôle avec Colas en alternance avec le gendarme Lucet et n'interviendrait sur le terrain qu'en cas de nécessité absolue. Un couple, en l'occurrence Bricart et moi, pouvait passer pour des touristes téméraires malgré le temps exécrable qu'il faisait. Trois personnes attireraient plus l'attention. Il fallait dans un premier temps laisser le groupe se reformer. À moi d'étudier les inimitiés ou les complicités qui ne manqueraient pas de transparaître dans leurs attitudes. L'île était officiellement fermée aux touristes depuis la veille pour cause de mauvais temps. Seul le bateau de huit heures et demie ferait une traversée avec le groupe qui nous intéressait. Deux gendarmes s'installeraient à la cale d'où partaient habituellement les touristes voulant franchir l'estran à marée basse. Ils empêcheraient tout passage. La capitainerie avait les mêmes consignes pour les propriétaires de bateaux souhaitant braver la tempête. Seuls les pêcheurs professionnels habitués à tous les temps pourraient prendre la mer.

La logique voulait qu'il n'y ait pas trop d'amateurs assez inconscients pour partir en mer sur une coquille de noix ou un voilier avec des vents force 5 appelés, d'après les météorologues, à s'intensifier et une mer qui grossissait à vue d'œil. Il ne restait qu'à espérer que cette offensive de l'hiver ne découragerait pas nos invités.

Nous les laisserions libres de leurs gestes et au bonheur de leurs retrouvailles jusqu'au repas de midi. À ce moment-là, le juge sortirait des photos sur lesquelles apparaissaient les disparus. Ils seraient forcément évoqués. Les réactions des uns et des autres pouvaient se révéler instructives. Pour l'après-midi, Ludo proposerait au groupe une sortie ornithologique à laquelle Bricart et moi nous nous joindrions. Il les amènerait sur le site de la découverte du squelette de Florent. À nous deux alors d'observer les réactions et d'en déduire la suite des événements quitte à dévoiler nos véritables fonctions.

Le bateau arriva à neuf heures alors que de petits flocons voletaient dans l'air. Un gendarme en civil sur le port avait envoyé un message radio : « Groupe reconstitué. Apparemment bonne entente. Le bateau est parti. » Depuis l'appartement de Ludo, Jumet observait le débarquement à la jumelle.

— C'est bon. Ils sont tous là. À nous de jouer !

*

Bricart et moi avançâmes à la rencontre du petit groupe comme deux innocents promeneurs en extase devant les plantes exotiques. Ils se dirigèrent vers le restaurant où Gaëtan leur attribua leurs chambres avant de leur proposer un café et un encas qu'ils acceptèrent volontiers. À notre tour, nous entrâmes et nous installâmes à quelques tables des anciens colons. Assez loin pour ne pas tout de suite attirer leur attention, mais assez près pour entendre ce qui se disait et les observer. Certains nous saluèrent à notre entrée et l'un deux facilement reconnaissable grâce à son col blanc de curé, bien qu'il soit habillé en civil, Guy Boulet donc, lâcha :

— Je ne savais pas qu'il y avait des touristes à cette époque.

La conversation se fit autour du café fumant :

— Où est Rose ? Elle n'a pas voulu venir ? demanda une cinquantenaire blonde platine un peu vulgaire que j'identifiai comme étant Lili, Éliane Legros, l'ancienne prostituée et concubine de René Serin.

Elle portait des vêtements de prix, mais n'avait pas la classe pour les mettre en valeur. Son ancien métier l'avait marquée et son visage trop maquillé lui donnait un air vulgaire. Elle s'affichait ouvertement à côté d'un homme chauve à la carrure de rugbyman et à la barbe poivre et sel. Malgré le temps, il était en T-shirt. Un tatouage de toile d'araignée ornait son bras droit du biceps à l'avant-bras, le coude en formant le centre, signifiant que l'homme avait été arrêté, pris au piège. Une larme noire coulait de son œil gauche. Une façon d'affirmer pour celui qui la portait qu'il avait commis un assassinat, ce qui était bien le cas de René Serin. Je tendis le cou pour voir ses mains. Sur la droite, entre le pouce et l'index se trouvaient cinq points. Un central et quatre en carré autour. Les quatre points représentent dans l'esprit des condamnés les murs de la prison et le point tout seul, le prisonnier.

Plus de doute, le maniaque du couteau, notre principal suspect était identifié.

Le juge Gambier répondit à la question :

— Je suis désolé. Rose est morte.

Il y eut un « Oh ! » de surprise générale.

— Si jeune ! De quoi ?

Celle qui avait posé la question ne pouvait être, par déduction, qu'Annie Perriers. Quarante-sept ans d'après mes dossiers où rien n'indiquait qu'elle soit mariée ou vive en couple. Elle travaillait comme aide-soignante dans une clinique privée à Caen et n'avait plus attiré l'attention de la justice depuis sa sortie de Tatihou. Elle avait participé à tous les camps. Pour notre petite réunion, elle avait été mandée par Gambier pour s'occuper de l'animateur Palois qui se déplaçait en chaise roulante. Peut-être que sans cela, elle ne serait pas venue. Elle semblait avoir tourné la page de sa jeunesse dissipée. Elle était tout en rondeurs. Visage rond, yeux ronds, seins généreux et taille imposante, elle avait le corps parfait pour un Rubens, mais pas pour le diktat de la mode actuelle.

— Un accident. Elle a perdu le contrôle de sa voiture et a fini dans un ravin, cent mètres plus bas.

— Elle était seule ? demanda Adèle Lebrun, identifiable à son âge et sa place à la droite du juge.

Elle était plutôt jolie. Même si ses traits légèrement empâtés s'effondraient doucement, on devinait que, dans sa jeunesse, c'était une belle femme. Je la savais veuve et me demandai *in petto* si elle n'avait pas des vues sur le juge, veuf lui aussi. Elle roucoulait et la façon dont elle s'était installée d'office à côté de lui indiquait son envie de mettre la main sur cet homme encore de belle allure.

— Non, malheureusement. Son mari est mort dans l'accident lui aussi. Une telle chute, cela ne pardonne pas !

Il y eut un silence qui se prolongea, comme un hommage non déclaré à la disparue. Peu à peu, les conversations reprirent. Parler de l'accident avait attiré l'attention sur Pascal Palois, l'animateur, en fauteuil.

— Et toi, c'est un accident de moto, c'est bien ce que tu as dit sur le port.

— C'est ça ! Si vous n'aviez pas été là pour me porter, je serais resté à quai. Pas facile de monter dans un bateau avec des roues !

Un rire un peu forcé traversa l'assemblée.

— D'ailleurs si Annie n'était pas venue, j'aurais dû faire venir un infirmier ou annuler. Je ne peux pas me débrouiller seul. Dire que je vivais à 200 à l'heure avant cette connerie !

— Peut-être que si tu avais vécu un peu moins vite, tu n'en serais pas là !

J'identifiai le moralisateur comme étant Massimo Lupio. Il ne pouvait cacher ses origines italiennes. Visage allongé, nez un peu fort, cheveux aile de corbeau et teint hâlé, tout en lui respirait la Méditerranée. L'orphelin fugueur avait définitivement quitté son enfance malheureuse. Je voyais un homme plutôt sûr de lui, au regard franc, pas du tout introverti. D'après ce que je savais, il avait réussi comme pizzaiolo et possédait un restaurant à Rouen et un autre à Trouville. Belle réussite pour un gamin qui avait plutôt mal démarré dans l'existence.

— T'as pas besoin de lui faire la morale ! lança un petit homme rondouillard. Chacun mène sa vie comme il veut. Moi, je suis garagiste et je peux te dire que des carcasses j'en vois ! Et de belles !

Il s'agissait donc de Pierre Michaux. Le genre de type qu'aucun témoin ne peut décrire de façon fiable. Anonyme dans une foule. Petit, la bedaine proéminente, un amateur de bières sans doute, il avait un début de calvitie marquée et des traits grossiers. Sa seule caractéristique était ses mains, larges comme des battoirs, des mains qui avaient étranglé sa petite sœur. J'en frissonnai pour la gamine.

— Tout ça, c'est bien joli, répondit un autre. Tant que tu ne tues pas ceux qui viennent en face et qui n'ont rien demandé…

Palois se redressa dans son fauteuil :

— T'es mal placé pour dire ce genre de choses Gaby. Toi qui as fait souffrir des gens tout au long de ta misérable existence ! Tu crois que c'est mieux de rentrer chez soi et de trouver sa maison cambriolée, ça marque aussi !

Donc, il s'agissait de Gaby Dumont, le looser de la bande, celui qui n'avait rien réussi dans sa vie et qui passait régulièrement par la case prison pour vols en tout genre. Il vivait d'allocations aux frais du contribuable. Il était grand et maigre, le visage émacié. De larges cernes noirs soulignaient ses yeux aussi sombres que lui.

Palois continuait :

— T'es bien content de débarquer chez moi quand tu ne sais plus où aller ! Et moi, je n'ai tué personne !

Cette dernière phrase accrocha mon oreille. À ma connaissance, Dumont n'avait aucun crime de sang sur les mains. De plus, ces braves gens étaient restés en contact. Intéressant. Pourquoi un ancien animateur de camps continuait-il trente ans après à accueillir un ancien délinquant qui avait raté sa vie ? Par pure bonté d'âme ? Cela m'étonnerait. Gaby Dumont savait-il quelque chose sur Palois ? Le faisait-il chanter ? Ou bien le contraire ? La piste pouvait se révéler intéressante.

— Mais, moi, je n'ai jamais tué personne ! s'exclama Dumont.

— Arrêtez de vous chamailler ! railla un homme à la soixantaine bien marquée. J'ai l'impression de revenir trente ans en arrière !

Vu son âge, c'était Hervé Lequertier, éducateur lors des camps. D'après son dossier, il avait ensuite fait sa carrière comme éducateur spécialisé auprès d'enfants handicapés. C'était lui qui avait signalé la disparition des mômes et assuré qu'ils avaient volé un bateau. De taille moyenne, bien portant, mais voûté, il semblait fatigué. Son visage portait les stigmates d'un homme ayant traversé de lourdes épreuves. J'aurais parié qu'il était malade et subissait des traitements difficiles à supporter.

— T'as pas l'air trop en forme, lança celui qui n'avait encore rien dit, Louis Le Brun, l'épicier de nuit.

Avec un nez d'aigle, des traits taillés au burin et un corps d'athlète sur le retour, il avait sans nul doute la carrure pour tenir son épicerie de nuit, le genre de commerce où se succèdent souvent des alcoolos en manque de bibine plutôt que de gentilles ménagères.

— Bof, j'ai eu un cancer, mais ça va maintenant. Je suis en rémission.

— Tant mieux !

À cet instant, Georges Lemarchand apparut à l'entrée du restaurant. Il avait son petit rôle à jouer. Les étudiants par contre avaient été renvoyés chez eux.

Le silence se fit tandis qu'il traversait le restaurant pour s'installer à une table et prendre son petit déjeuner.

Gambier le salua d'un signe de tête auquel l'archéologue répondit avec un sourire chaleureux.

— Je ne vous ai pas dit, lâcha Gambier. Monsieur est archéologue. Il y a des fouilles sur Tatihou. C'est très intéressant. Avec son équipe, il a trouvé des traces de vie remontant à l'homme de Néandertal. Mieux encore, il paraît qu'ils ont trouvé des traces de fermes datant de 1500 avant notre ère ! Je trouve cela fantastique ! Une « poubelle » de l'âge de bronze a été découverte et il paraît qu'ils ont même trouvé des os !

C'était le moment de guetter les réactions.

À ces mots, Guy Boulet fit un signe de croix. René Serin et sa belle restèrent indifférents, tout comme la majorité du groupe. Cependant, il me sembla déceler une crispation sur le visage de Palois. Gaby Dumont fixait un point dans le jardin. Pourtant, il n'y avait rien à voir. Hervé Lequertier redemanda du café d'une voix un peu trop forte, comme s'il voulait se donner une contenance. Son regard croisa celui d'Adèle Lebrun qui détourna le sien. Certaines de ces personnes connaissaient la vérité. Il faudrait qu'elles parlent.

****

CHAPITRE 17

Après cette pause-café, les colons prirent possession de leurs chambres. Bricart et moi rejoignîmes discrètement le poste de contrôle. Grâce à la vidéosurveillance, nous allions savoir qui occuperait quelle chambre. Cela nous renseignerait sur les ententes ou les mésententes existantes au sein du groupe.

— Alors ? demanda Jumet, ta première impression ?

— *A priori*, le groupe est uni même s'il y a quelques fausses notes. La phrase de Palois à Dumont en fait partie. « Et je n'ai jamais tué personne, moi ! » sous-entend que Dumont ait pu le faire ! Ce qui implique que Palois serait complice, peut-être d'avoir aidé à enterrer les corps.

— Et Serin ?

— C'est ton favori, n'est-ce pas ? Il n'a pas bronché. Pour moi, cela ne signifie pas grand-chose. C'est un dur. En prison, il a certainement appris à cacher ses émotions. Le fait qu'il n'ait pas marqué le coup n'est pas, à mes yeux, une preuve d'innocence. Par contre, sa copine Lili, vu son caractère extraverti, aurait sans doute été bouleversée par la découverte d'os si elle y avait été pour quelque chose. Pour l'instant, je la mets hors-jeu.

Bricart demanda :

— Tu ne crois pas qu'elle aurait pu être au courant puisqu'elle flirtait déjà avec Serin à l'époque ?

— Pas nécessairement, s'il est innocent. Une autre possibilité est qu'il soit coupable et ne l'ait pas mêlée à cette affaire. À ce stade tout est possible. Il faut découvrir le mobile. Si on a celui-ci, la liste des coupables potentiels va se réduire d'elle-même.

Colas intervint :

— Un mobile ? Comment pouvez-vous le déterminer aussi longtemps après ? Pour moi, il faut faire parler le coupable qui donnera son mobile !

— Encore une chose : le curé s'est signé quand Gambier a parlé d'os.

— Et alors ? s'exclama Jumet. C'est son boulot ! Quand il y a des morts, il fait le signe de croix.

— Oui bien sûr. Pour des morts récents. Là, Gambier parlait de la préhistoire. Je n'ai pas l'impression que les curés se signent devant des restes archéologiques. Mais bon, je peux me tromper, dis-je n'étant pas très au courant des rites effectués par les prêtres.

— Ou alors, il est entré dans la prêtrise pour expier ses fautes, fit Colas.

— Possible. Attention, les voilà qui investissent le couloir, prévint Lucet.

Les colons avaient récupéré leurs bagages et, guidés par Gaëtan, s'avançaient dans le corridor. Les chambres qui leur avaient été réservées comportaient des lits jumeaux. Il fallait donc qu'ils se choisissent un colocataire pour la nuit.

Serin et Lili prirent la première. L'homme mettait ainsi en avant son statut de leader non contesté du groupe. Dans les meutes, l'alpha mange toujours en premier, c'est bien connu. Ici la proie était la chambre et Lili n'était pas ravie. On l'entendit ronchonner avant que la porte se referme :

— Et on n'a même pas un grand lit !

— C'est toi qui as voulu venir, alors ferme-là ! répondit Serin fidèle à son image de macho.

La chambre pour handicapés alla forcément à Palois. La salle de bains y était adaptée, plus large et avec douche italienne, normes obligent. Je vis Annie Perriers hésiter, puis se diriger vers la chambre voisine en annonçant :

— Je m'installe juste à côté. Si tu as besoin de moi, tu n'as qu'à taper sur le mur !

Elle n'avait pas envie de s'installer avec son patient et je la comprenais bien. Pas évident de partager l'intimité d'une personne de sexe opposé que l'on a pas vue depuis trente ans. La seule femme qui restait pour partager sa chambre était Adèle, la cuisinière, supposée dormir dans l'ancien hôpital, mais qui déclina cette proposition.

— Vous rigolez, dit-elle à Gaëtan. Ici c'est neuf et bien chauffé. Avec le temps qu'il fait, je préfère rester ici.

Les deux femmes entrèrent sans refermer leur porte et je crus voir Adèle lancer un clin d'œil au juge. Ou elle ignorait qu'ils étaient censés partager le même bâtiment, ou elle était dans la confidence, ce qui m'aurait déplu.

Les binômes de locataires se formèrent : le prêtre et l'animateur, l'épicier et le pizzaiolo, le garagiste et le petit délinquant.

— C'est marrant, dis-je.

— Quoi donc ?

— Eh bien, les deux premiers pourront parler pédagogie et spiritualité. On va dire que ce sont les intellectuels du groupe. Les deux suivants pourront échanger autour de la nourriture et les deux derniers…

— Je sens ce que tu vas dire : sur la façon d'arnaquer les gens ! sourit Bricart. Pourtant, il y a de très bons garagistes.

— Sûrement. Mais je ne dois pas avoir de chance. Ou alors c'est parce que je suis une femme. Les femmes en général n'ont pas de chance avec les garagistes !

— C'est parce que vous n'y connaissez rien ! Si vous vous intéressiez un peu à la mécanique, on ne pourrait pas vous raconter d'histoires !

— C'est vrai. Mais, justement, si on va chez un spécialiste, c'est pour un service honnête et pas pour payer un max pour un petit boulot comme changer une ampoule !

— Avoue que ce genre d'escroc a tendance à disparaître.

— Heureusement !

Il ne se passa rien de bien intéressant au niveau du groupe jusqu'à onze heures et demie, heure prévue pour un apéro convivial avant le repas.

Les colons se dispersèrent et nous aussi.

Jumet se chargea de Serin, Lili, le prêtre et Lequertier. Ils avaient décidé de se rendre au fort à la demande de

Guy Boulet qui avait entendu dire que la chapelle avait été rénovée. Il tenait à la voir.

Pascal Palois resta dans sa chambre. D'après la conversation saisie entre Adèle et Annie, il voulait se reposer de façon à être en forme pour le repas.

Massimo opta pour un jogging en compagnie de Louis Le Brun. Ce n'est pas moi qui allais les suivre ! Ce fut donc Colas qui s'y colla !

Enfin les autres, les femmes, le garagiste et Gaby optèrent pour une visite du musée maritime. Voilà qui me convenait parfaitement.

Le juge, lui, se retira pour un temps de repos.

Emmitouflée dans ma doudoune, j'appréciai cette fois d'avoir prévu gants, bonnet et bottines fourrées. Bricart moins prévoyant grelottait. À une semaine du printemps, on se serait cru en plein hiver ! Des flocons voletaient dans l'air glacial. Même la luminosité était figée dans un mélange de blanc et de gris. Nous franchîmes une arcade en pierres marquant l'entrée dans la partie réservée au musée. À droite, sur la pelouse, reposait une quille en bois, colonne vertébrale d'une frégate de 16 canons, le plus petit des bateaux de la flotte de Louis XIV. Petit, mais quand même de 30 mètres de long et pouvant embarquer jusqu'à 300 hommes. Je me demandai quelle taille avaient les autres bateaux de la flotte. Nous laissâmes nos suspects s'éloigner et pénétrâmes dans le musée qui occupait un bâtiment dont la plus ancienne fonction était de ventiler les cargaisons arrivant sur l'île avant de rejoindre le continent. Au temps du centre de rééducation, c'était un atelier de maçonnerie et de menuiserie. Aujourd'hui, l'entrée résolument moderne donnait sur la boutique où régnait une douce chaleur. Nous achetâmes nos billets et nous débarrassâmes de nos vêtements au vestiaire. J'aperçus les filles qui s'attardaient dans une partie réservée à une exposition temporaire. Les hommes, suivis de Joël, s'éloignaient vers le fond du musée. On y trouvait les objets retrouvés lors des fouilles archéologiques maritimes faites sur les épaves de la flotte de Tourville décimée lors de la bataille de 1692. Des peintures, sculptures et dessins relatifs à la vie maritime complétaient l'ensemble. Annie et Adèle s'avancèrent à leur tour vers cette partie du musée, ce qui me permit également d'entrevoir la façon dont les marins vivaient à cette époque. Rien de bien tentant pour nous qui avons l'habitude d'un certain confort !

Nous avions beau tendre l'oreille, nous ne saisîmes rien d'intéressant concernant notre affaire. Le groupe de quatre faisait du tourisme pur et dur. La visite du musée comportait une partie extérieure et nous nous rééquipâmes pour jeter un coup d'œil à une collection de bateaux. Cela allait de la plate à la bisquine de Barfleur. La visite s'achevait dans un hangar immense, présentant un cordier, bateau de pêche à la corde, spécialité de Barfleur, le « Sainte-Thérèse-souvenez-vous ». Nous fîmes demi-tour avant le quatuor. L'espace était occupé uniquement par le bateau et les panneaux pédagogiques expliquant son fonctionnement. Si nous entrions là-dedans, adieu la discrétion ! Nous rejoignîmes le jardin. L'heure de l'apéritif approchait. Nous en saurions peut-être un peu plus.

*

Nous nous étions tous retrouvés au PC. Les colons s'installaient au restaurant où une table tout en longueur avait été dressée.

Zakouskis, crémant et jus de fruits attendaient les convives. Je ne sus pas qui du juge ou de Gaëtan avait pensé à nous, mais un plateau nous attendait près des écrans de contrôle. Nous lui fîmes honneur, histoire de nous réchauffer !

Au restaurant, l'ambiance était conviviale et même chaleureuse après deux verres. Avant de passer à table, le juge commença à évoquer des souvenirs des camps passés.

— Tenez, dit-il, j'ai apporté des photos. Oh, ce n'est pas la qualité d'aujourd'hui, mais je vous reconnais bien tous !

— Qu'est-ce qu'on change ! gémit Lili sans doute toujours à la poursuite de sa jeunesse envolée à travers sa façon de s'habiller et de se maquiller.

— T'as vu ta tronche, rigola Dumont s'adressant à Serin. T'avais vraiment l'air d'un moineau, ou plutôt d'un canari !

— Ouais et toi t'avais déjà ta gueule de vaurien !

D'autres amabilités lâchées sur le ton de la plaisanterie fusèrent, puis le père Boulet se signa.

— C'est une manie, souffla Jumet.

— C'est l'heure de la prière ou quoi ? lança Pascal Palois depuis son fauteuil.

— T'as pas vu cette photo, dit le prêtre en lui tendant un cliché. Regarde. C'est Florent et sa copine. Comment s'appelait-elle déjà ?

— Jacqueline, répondit spontanément Annie, l'aide-soignante. Elle était gentille. On s'entendait bien. Est-ce qu'on a fini par les retrouver ?

Le juge fit la grimace :

— Disparus pour toujours.

— Quelle mort horrible ! Noyés. Ce doit être terrible.

— Ça, c'est sûr, confirma le garagiste. Une fois, j'ai bu la tasse. Qu'est-ce que ça fait mal !

Adèle passa discrètement une main sur son visage, comme si elle voulait chasser une image, tandis que René Serin levait son verre.

— Buvons aux disparus.

— Buvons aux disparus ! reprirent-ils en chœur.

Disparus qui allaient réapparaître dans l'après-midi, mais ils ne le savaient pas encore.

****

CHAPITRE 18

Après le repas, que Bricart et moi prîmes dans notre coin comme deux touristes esseulés, les colons allèrent se préparer pour la sortie ornithologique. Il y avait intérêt à bien se couvrir. Le vent tournait au blizzard et les flocons devenaient de plus en plus gros. Je craignis un instant qu'une partie des participants fasse faux bond pour cette sortie aux airs polaires. Mes craintes ne se concrétisèrent pas. Tous étaient à l'heure pour le rendez-vous avec Ludo qui devait nous faire partager sa connaissance des oiseaux. Du moins officiellement. Le juge s'excusa, prétextant qu'à son âge, il devait faire une sieste. Bricart et moi nous approchâmes du groupe et Ludo demanda aux participants :

— Cela ne vous dérange pas que Laura et Joël ici présents se joignent à nous ? Vu le temps, je ne pourrai pas faire une deuxième séance pour deux personnes seulement.

Il y eut une petite concertation et tous acceptèrent notre présence, certains qu'ils allaient se retrouver entre eux le soir pour le dîner d'anniversaire d'Adèle.

Après quelques signes de tête et de sourires de bienvenue, le groupe sortit du lazaret et se dirigea vers la plaine. Palois eut besoin d'aide pour faire avancer son fauteuil sur le sol caillouteux. Serin et ses muscles de rugbyman prirent les choses en main.

— Nous voici devant la plaine, décréta Ludo en désignant de la main une vaste étendue d'herbe rase sur laquelle reposaient des dizaines, peut-être même des centaines de goélands et autres mouettes.

Tous étaient aplatis sur le sol, comme s'ils voulaient donner le moins de prise possible au vent. Quelques téméraires volaient, ou plutôt jouaient avec les puissants courants d'air. Je n'y connaissais pas grand-chose et attendais de Ludo qu'il donne d'autres explications. Autant joindre l'agréable à l'utile, pour une fois ! Le gardien expliqua, forçant sa voix pourtant déjà forte, pour couvrir le sifflement du vent :

— Au XVIe siècle s'élevait au centre de cette plaine un manoir. Il y avait aussi les maisons des paysans-manants et même une chapelle. Des cartes anciennes et des fouilles prouvent l'existence de cette ferme-manoir dont on a retrouvé les fondations.

— On ne parlait pas de tout cela de notre temps, dit Gaby Dumont. C'était de l'herbe, c'est tout.

— C'est vrai. Les fouilles ont eu lieu entre 2001 et 2003, expliqua Ludo.

— En avez-vous fait ailleurs ? demanda Serin, subitement intéressé.

— Moi, non, rigola Ludo. Les archéologues sont envoyés par le ministère de la Culture et le Conseil départemental. Mais bien sûr, il y a des fouilles un peu partout qui ont permis de mettre au jour bien des choses intéressantes sur la vie de l'île.

— Ces fouilles n'étaient pas prévues dans les années 1980, dit le prêtre.

— Oh non. Tout ça vient après 1990. Après vous ! Revenons-en aux oiseaux…

Il parla des différentes sortes de goélands, argentés, bruns ou marins, mais aussi des Tadornes de Belon, une espèce caractéristique flirtant entre l'oie et le canard. Il poursuivit avec les aigrettes, les sternes, les mouettes, les huîtriers pie pour finir avec les oies bernaches et les cormorans.

Je sentais l'attention des promeneurs diminuer au fil des explications sur la vie des oiseaux. Il fallait faire quelque chose, sinon ils risquaient de renoncer à la suite de la promenade. Vu le froid ambiant, j'aurais compris, mais cela n'allait pas dans le sens de ma stratégie. Je pris la parole :

— Mais il n'y a pas que cette plaine où nichent des oiseaux, dis-je. J'ai lu qu'il y en avait aussi sur l'Îlet.

— Nous y allons de ce pas, répondit Ludo, comprenant le message. D'ailleurs, dit-il pour encourager ses troupes, j'ai fait ouvrir le restaurant de la caserne exprès pour vous ! Nous pourrons y boire un café ou un chocolat avant le retour. Histoire de se réchauffer et reprendre des forces !

Le groupe se remit en marche et arriva très vite à la hauteur de la tombe de Florent Leroy. Elle était en retrait du chemin et donc pas visible immédiatement pour qui ne savait pas qu'elle était là. Par contre, la tente montée pour les gendarmes et la Scientifique faisait l'effet d'une verrue dans le paysage. Des rubalises jaunes flottaient au vent, limitant le trou protégé par la bâche bleue.

C'était le moment ou jamais d'observer les réactions.

Lili réagit la première, du moins à haute voix :

— C'est quoi ça ? Des fouilles aussi ?

— On peut dire ça, répondit Ludo.

— Regardez, enchaîna Annie, il y a des rubans comme sur une scène de crime dans *Esprits criminels* !

Le mauvais temps, les bonnets et les écharpes m'empêchaient, à mon grand dam, de voir les expressions des uns et des autres.

Le prêtre se signa.

Je lui demandai, innocente :

— Vous croyez qu'il y a un mort là ?

Il me regarda surpris, les yeux brillants. Des larmes ou le vent ?

— Je… Je ne sais pas. Mais ces rubans… Annie a raison, c'est comme quand il y a un mort. Alors, j'adresse une prière à Dieu pour l'accueillir dans son royaume.

— C'est gentil, dis-je un peu ironique malgré moi.

Palois houspillait Serin pour avancer vers l'abri de la caserne. Immobile dans sa chaise, il devait avoir encore plus froid que les autres. Serin se pencha à l'oreille de son ami et murmura quelque chose que je ne pus, hélas, comprendre. Cependant, les deux se dévissèrent le cou pour observer la scène le plus longtemps possible.

Louis Le Brun et Massimo Lupio ne marquèrent pas d'intérêt particulier, avançant en discutant du prochain match de l'Équipe de France, sans avoir l'air perturbés le moins du monde. Ils ne semblaient pas concernés par ce qui s'était passé là. Innocents ou excellents comédiens ?

Gaby Dumont et Pierre Michaux entouraient Adèle Lebrun qui semblait avoir du mal à tenir sur ses jambes. Ils la tenaient chacun par un bras et la soutenaient.

— Ça ne va pas ? demandai-je à la femme.

— Si, si. C'est juste ce vent. Je n'ai pas l'habitude de lutter contre les éléments et puis j'ai un genou qui me joue des tours. Vaut mieux deux hommes solides qu'une canne, vous ne croyez pas ?

Je lui souris.

Nous arrivâmes à l'entrée du fort. Avant d'y pénétrer, depuis le pont-levis, nous eûmes les explications concernant l'Îlet, ancien corps de garde en forme de redoute ou petit fort, témoignant de la nécessité de garder la baie bien avant la bataille de la Hougue. Aujourd'hui réserve ornithologique et lieu de nidification, il est interdit au public. Enfin, nous pénétrâmes dans la cour du fort, un peu plus à l'abri du vent que le chemin côtier.

De là nous avions vue sur la partie postérieure du blockhaus. Là aussi, les rubalises malmenées par le vent menaient une danse folle.

— Et là-bas qu'est-ce qu'il y a ? demanda Annie.

— On y a retrouvé des os enterrés très profondément, annonça Ludo d'un ton serein, comme s'il s'agissait d'une broutille.

— Des soldats de la Seconde Guerre mondiale ? demanda Massimo Lupio.

Question logique s'il n'était au courant de rien concernant les disparus. Quoi de plus normal que de trouver des soldats morts dans un blockhaus après des bombardements ?

— Je ne crois pas, fit Ludo. Mais je ne suis pas certain. Il faut voir cela avec les archéologues. On va le boire ce chocolat ?

Encore une fois, je tentai d'observer les réactions. Je ne pus rien en déduire de probant. Le temps exécrable poussait tout le monde, moi la première, à s'emmitoufler dans les cols et les écharpes. Les visages mordus par le froid se figeaient dans des rictus dont il était difficile de dire s'ils étaient dus à la météo ou à l'émotion.

Nous obliquâmes vers l'entrée de la caserne dominée par la tour Vauban.

Dans le hall, démarrait un escalier imposant. Il y avait même un ascenseur pour les handicapés. Palois apprécia.

— C'est là-haut, dit Ludo. Allez-y.

Nous aurions pu simplement suivre les doux effluves de café et de chocolat qui se répandaient dans l'air. Nous arrivâmes sur un palier à la gauche duquel s'ouvrait une vaste salle de restaurant meublée, simplement mais chaleureusement, de tables et chaises en bois verni dans un esprit « marine ».

Nous fûmes accueillis par une jeune femme blonde au doux sourire.

Elle nous installa, prit nos commandes alors que dehors les flocons doublaient de volume et d'intensité.

Georges Lemarchand arriva, jouant à celui qui cherchait à se réchauffer pendant une pause. Naturellement, il fut convié à se joindre au groupe. C'est Massimo qui le héla.

— Venez donc avec nous. Ne restez pas dans votre coin !

Lemarchand accepta. Cela faisait partie du plan. J'étais certaine que les questions allaient fuser, ce qui ne manqua pas d'arriver.

— Alors comme ça, c'est vous qui fouillez les terrains ? Avez-vous trouvé des choses intéressantes ? demanda Louis Le Brun.

Jumet avait laissé des consignes strictes à l'archéologue sur ce qu'il pouvait dire ou pas et j'espérais qu'il saurait s'y tenir.

Lemarchand fut assez malin pour commencer à parler des découvertes concernant les temps les plus anciens. Au bout d'un quart d'heure de monologue sur les époques révolues, il se tut. Les consignes étaient d'attendre les questions, ce qu'il fit en plongeant son nez dans son chocolat encore brûlant.

— C'est un soldat allemand ou américain que vous avez trouvé dans le blockhaus ? demanda Massimo qui décidément semblait s'intéresser à la guerre.

— Oh non. Pas du tout.

— Ah bon ! Pourtant Tatihou a été bombardée.

— Oui bien sûr. Mais là, c'est plus récent.

— Que voulez-vous dire ?

— Plus récent, c'est tout.

Il me jeta un regard interrogateur. Je clignai imperceptiblement des yeux pour donner mon accord.

— C'est un corps de femme.

Il y eut un silence général. Tous le regardaient avec stupeur. Il aurait annoncé la venue des Martiens sur terre qu'ils n'auraient pas été plus sidérés.

— Un corps de femme ? s'exclama la douce Annie. Vous voyez, j'avais raison, c'est comme dans *Esprits criminels* avec les rubans.

Elle s'interrompit un instant, puis :

— Mais il y a aussi des rubans dans la plaine ! Alors, ça veut dire…

— Qu'il y a un deuxième corps. Vous avez raison, répondit Lemarchand sans avoir l'air plus perturbé que ça.

— Qu'est-ce qu'il s'est passé ? demanda le prêtre qui tournait nerveusement sa petite cuillère dans son café.

— On ne sait pas. Pas encore.

Je crus discerner un soupir de soulagement chez Palois et la cuillère du curé arrêta sa danse folle.

— Des corps récents, c'est bien ce que vous dites, grommela Serin. Des touristes ?

— Enfin quand je dis « récents », ce n'est pas d'hier quand même. Mais ne vous inquiétez pas. Ils sont partis à la morgue. Vous ne risquez pas de voir des fantômes !

Il éclata d'un rire à peine forcé. Bricart et moi enchaînâmes, mais il y eut un instant de flottement imperceptible avant que le groupe ne rie aussi.

Savaient-ils ? Tous ou quelques-uns ? Un complot général ou quelques complices unis dans les meurtres ?

Des fantômes, ils allaient en voir et pas plus tard que ce soir. Je me chargerais de les convoquer au dîner.

****

CHAPITRE 19

Nous étions revenus sous une vraie tempête de neige. Les quelques centaines de mètres séparant la caserne du lazaret nous semblèrent une éternité. Les flocons de la taille de boules de ouate tombaient si drus que, bien qu'il ne soit que seize heures trente, il faisait presque nuit. Une nuit blanche où je pouvais à peine distinguer le dos de la personne marchant devant moi. Un vent de travers nous poussait vers la plaine et nous faisait vaciller. La mer déchaînée lançait des assauts fracassants sur les digues de pierre. Les goélands eux-mêmes avaient renoncé à voler. Bricart m'attrapa le bras dans un geste protecteur que j'appréciai. J'avais l'impression que mes jambes n'étaient plus assez solides pour affronter la force du vent. Nous entrâmes dans la salle du restaurant, grelottants et couverts d'une croûte de neige accrochée aux sourcils et cheveux qui dépassaient des bonnets. Seul Ludo semblait s'amuser de la tempête.

— Vous verrez quelque chose d'unique. La neige sur Tatihou c'est très rare et avec les plantes exotiques, ça vaut le spectacle !

Dans son fauteuil, Palois s'était transformé en statue de neige et grelottait plus que les autres.

— Il faut qu'il prenne une douche chaude et se change, déclara Annie prenant son rôle d'aide-soignante très à cœur. D'ailleurs, moi aussi, ajouta-t-elle.

— C'est ça, ironisa Gaby Dumont. Soigne-le bien. Ça fait trente ans que tu en as envie !

Annie haussa les épaules et embarqua Palois vers les chambres. Y aurait-il eu quelque chose entre l'animateur et la jeune fille à l'époque ? La piste méritait d'être explorée.

Palois lança un regard noir à Dumont. Ces deux-là n'étaient pas dans l'entente parfaite.

— T'es jaloux Gaby ! Personne ne te frottera le dos ce soir, ironisa Lili. Moi, je vais m'occuper de mon cher Canari !

— Bonne idée, approuva Serin.

Chacun regagna sa chambre pour se changer et se réchauffer. Rendez-vous fut donné deux heures plus tard au restaurant. Quand nous fûmes certains que plus personne ne traînait dans les couloirs, Bricart et moi rejoignîmes le PC où se trouvaient déjà Ludo et Lemarchand.

— Alors ? Bonne promenade, ironisa Jumet qui était resté bien au chaud.

— Je suppose que Ludo et Georges t'ont déjà fait un compte-rendu ?

— Oui. Ils restent. Ils peuvent nous aider. Mais c'est vous les spécialistes. Alors, je vous écoute.

— Les colons savent quelque chose, assura Bricart. À mon avis, ils sont tous impliqués, à des degrés moindres pour certains, mais ils connaissent la vérité.

— Pas sûr, protestai-je. Il y a un complot, je suis d'accord, mais certains sont hors du coup.

— Qui ? aboya le chef.

— À mon avis, Annie Perriers n'y est pour rien. Sa façon d'attirer l'attention sur les rubalises vote en sa faveur. Elle a un côté « gentil » et naïf qui ne me paraît pas coller avec un double meurtre.

— C'est pas toi qui dis que les tueurs ont souvent l'air normaux ? demanda Jumet.

— C'est vrai. Mais je ne lui sens pas le mental pour un meurtre ou même une complicité. Elle aurait craqué bien avant. C'est une faible.

— À moins, intervint Bricart, que Palois soit le coupable. D'après ce qui a été dit tout à l'heure, j'en déduis qu'adolescente, elle était amoureuse de Palois, son animateur. Dans ce cas, elle aurait pu se taire pour le couvrir. Tu sais mieux que moi ce que peut faire une fille amoureuse ! ironisa-t-il.

Jumet fit la moue :

— Il doit bien avoir quinze ans de plus qu'elle !

— Ça ne veut rien dire. Souvent des jeunes filles, un peu à la dérive, tombent amoureuses d'hommes plus âgés qu'elles. Elles recherchent la sécurité et parfois l'image d'un père absent.

— On va tomber dans l'inceste si tu continues. Ou au moins dans la pédophilie. Un vieux qui se fait une gamine…

— Je maintiens que même amoureuse, elle n'aurait pas tenu devant les gendarmes qui ont mené l'enquête en 1986, affirmai-je.

— Bon, admettons, approuva Bricart en se plantant devant un tableau blanc où il entreprit de faire deux colonnes.

Il nota le nom d'Annie Perriers en vert dans la colonne de droite.

— Ensuite ? demanda Fred.

— Lili. Je vote innocente. Pas assez maligne et surtout trop évaporée pour garder un secret aussi longtemps, estima Bricart.

J'approuvai, mais lui fis remarquer que ses arguments sur les femmes amoureuses pouvaient aussi s'appliquer à Lili qui n'avait jamais quitté Serin.

— Alors ? Vous la mettez où ?

— En vert, dis-je alors que Bricart écrivait déjà.

— D'autres candidats au vert ? demanda Jumet en se servant une tasse de café.

— Pour moi, Massimo Lupio n'a rien d'un tueur. C'est un homme simple et droit. Je pense même que s'il y a eu complot, les autres ont dû le garder à l'écart. C'était un petit peu le « cadet » de la bande, l'orphelin, celui qui s'est retrouvé à Tatihou par hasard sans avoir rien fait de mal. Je ne le pense pas mêlé à l'affaire.

— Je suis d'accord, approuva Bricart. J'ajouterais même, si Laura est d'accord, Louis Le Brun, l'épicier. Lui et Massimo sont copains. Ils parlent foot, rugby mais n'ont pas montré un quelconque intérêt pour les cadavres récents annoncés par Georges. Massimo s'est intéressé au bunker, mais il semble lâché sur la Seconde Guerre mondiale et c'était ce côté qui l'interpellait, rien d'autre.

— OK pour moi, dis-je, tandis que les deux noms rejoignaient les verts.

— Donc, j'ai quatre verts. Pour le rouge ?

— On devrait ajouter une colonne pour les douteux. Orange, peut-être.

— Si tu veux, sourit Bricart. Allons-y pour les oranges.

— Guy Boulet, le curé. Je ne le sens pas. Je ne pense pas qu'il ait tué de ses mains, mais à mon avis, il sait.

— Je suis d'accord.

— Qui d'autre ?

— Peut-être Pierre Michaux.

— C'est possible. Il est faux. Il peut cacher quelque chose.

— C'est tout ? fit Jumet. Les rouges : on met Serin en premier. On sait qu'il a déjà deux meurtres au couteau à son actif. C'est un excellent candidat.

— On ne peut pas dire le contraire. Va pour le rouge.

— Reste Gaby Dumont, dis-je. Petit malfrat. Capable de faire une grosse connerie et de filer en douce en laissant les autres porter le chapeau.

— Qu'est-ce qu'on fait pour Palois ? demanda Jumet. Et Lequertier ? Ils faisaient partie du personnel d'encadrement, ce qui ne les innocente pas obligatoirement. Tu sembles avoir des doutes sur Palois. Alors ? me demanda-t-il.

— Orange.

— Je suis d'accord, dit Bricart. Il n'est pas tout à fait net. Peut-être pas tueur mais complice, je ne dis pas. Pour Lequertier, je ne sais pas.

— Pour l'instant, il est transparent, dis-je. Il ne s'est pas fait remarquer. Par contre, il ne faut pas oublier que c'est lui qui a signalé la disparition et le vol de la barque.

— Et ça le rend suspect ? osa l'archéologue qui s'était tenu coi dans son coin.

— Autant que le découvreur d'un cadavre. C'est le premier soupçonné ! ironisa Jumet.

Lemarchand pâlit :

— Mais… je n'étais pas…

— Je plaisante, monsieur Lemarchand ! Il faut bien rire un peu !

— Bon, soyons sérieux, repris-je. Lequertier : orange. Ça vous va ?

— Très bien. Mais il va falloir élaguer après la soirée. On fait une pause jusqu'à ce qu'ils reviennent tous. J'ai vu le juge pendant que vous jouiez dans la neige, se moqua Jumet. On a mis au point un truc qui devrait faire de l'effet.

— Attendez ! dis-je. On n'a pas parlé du juge et d'Adèle, la cuisinière.

— Tu déraille !

Le ton de Jumet était mi-figue mi-raisin.

— Le juge, je ne crois pas. Vert, dis-je au grand soulagement de mon collègue. Par contre la cuisinière…

— Ah, dit Bricart. Tu as remarqué aussi. Ses gestes, ses malaises…

— C'est peut-être l'âge, dit Jumet.

— À 60 ans, on n'est pas vieux de nos jours. Elle peut être malade, mais comme par hasard, c'est quand on évoque les disparus ou leurs corps qu'elle a mal quelque part.

— C'est de la sensibilité…

— Ou de la culpabilité. Elle ne les a sans doute pas tués de ses mains, mais elle sait quelque chose, dis-je.

— Alors orange, elle aussi.

— Bref, quatre « verts », supposés innocents, cinq « orange » dont il faut approfondir le cas et enfin, deux

« rouges » plus que douteux. Allez vous reposer une heure. La soirée risque d'être longue.

*

Avoir une chambre en dehors du bâtiment principal avait tout son charme par beau temps. Avec les dix centimètres de neige qui étaient tombés en deux heures, c'était moins romantique, même si le jardin irradiait de beauté sous la couche blanche éclairée par les lampadaires. Nous nous enfonçâmes jusqu'aux chevilles pour rejoindre l'escalier dont les marches disparaissaient sous les congères naissantes. La tempête persistait, enveloppant tout sous son manteau blanc et glacial. Arrivée dans mon antre, je commençai par pousser le chauffage à fond avant de prendre une douche chaude. Je m'étalai sur le lit et, sans le réveil programmé sur mon téléphone, j'aurais pu y passer la nuit. Le froid et la tempête avaient eu raison de mon énergie. La douche avait chassé ce qu'il en restait. Je me motivai. Il nous restait vingt-quatre heures pour résoudre cette affaire. Je m'équipai pour traverser les jardins et sortis de ma chambre en même temps que mes collègues sortaient de la leur. Nous marquâmes un temps d'arrêt en haut de l'escalier qui ressemblait plus à une piste de ski qu'à des degrés de pierre. Jumet, le plus sportif d'entre nous, s'avança le premier, suivi de Bricart qui confirma la trace. Je m'appliquai à mettre mes pas dans les leurs. Si je pouvais éviter de me casser une jambe… J'arrivai en bas avec l'allure d'un enfant qui apprend à marcher, mais en un seul morceau. C'était le principal. Nous traversâmes le jardin et je ne pus m'empêcher de m'extasier devant le paysage féérique. On se serait cru dans un conte de Noël.

— Tu seras romantique une autre fois, grommela Jumet. On a un meurtre à résoudre. Non, deux !

Rappelée aux dures réalités, je me demandai ce que Jumet avait concocté avec le juge pour faire parler les acteurs du drame.

Il rejoignit le PC tandis que Bricart et moi pénétrâmes dans le restaurant où une télévision était allumée sur une chaîne d'info. Tous les protagonistes étaient là, les yeux rivés sur l'écran où une miss météo en robe ultra-courte (elle était au chaud, elle !) annonçait avec un sourire que je jugeai sadique :

« Le Cotentin est pris dans une effroyable tempête de neige qui nous arrive de Scandinavie. Du jamais-vu depuis mars 2013. »

Je pensai *in petto* que, donc, c'était du déjà-vu et que ce n'était pas si loin !

Elle continua :

« Par endroits, il est tombé un mètre de neige et il en tombera autant dans la nuit. Il est conseillé à tous de rester chez soi. Les axes routiers sont impraticables et l'armée est en alerte pour secourir les naufragés de la route. Des congères peuvent atteindre deux mètres de haut. Tous les transports aériens et maritimes sont suspendus. Ceci est une alerte rouge. Vos vies peuvent être en danger. Nous vous donnerons plus d'informations dans nos prochains bulletins. Restez à notre écoute. Passez une bonne soirée et surtout, prenez soin de vous ! »

Ludo, qui regardait comme les autres, se tourna vers le groupe :

— Nous sommes coincés sur l'île.

Serin tenta :

— On peut partir à marée basse.

— Non. Dans ces conditions, ce serait du suicide. La vase et les trous d'eau ne font pas de cadeau et, avec ce temps, vous ne verrez pas où vous mettez les pieds. On ne vous retrouverait sans doute jamais.

Le juge ouvrit une bouteille de champagne :

— De toute façon, on était là jusqu'à demain. Et ces messieurs-dames aussi sans aucun doute. Buvons à nos retrouvailles !

Bon gré, mal gré, les visiteurs trinquèrent en nous offrant un verre. Je pensai que dans quelques heures ils seraient moins chaleureux ! Du moins, si j'arrivais à mes fins.

****

CHAPITRE 20

— Où est votre ami ? demandai-je à Annie Perriers en ne voyant pas Palois.

— Il se repose. Il était vraiment très fatigué. Ce temps, quand on est en fauteuil roulant, est à peine supportable. Déjà nous, ça nous fatigue, alors imaginez…

— Bien sûr. Je comprends.

Un écran avait été installé sur le mur du fond. Un antique appareil à diapositives, juste en face. Des chaises en arc de cercle attendaient les spectateurs. Sans doute, le dispositif mis au point par Jumet et Gambier pour l'électrochoc promis. D'un regard circulaire, je m'assurai que les autres candidats au crime étaient bien présents. C'était le cas.

Au deuxième verre, le juge Gambier annonça :

— Et maintenant une petite séance souvenir. Vous m'en direz des nouvelles.

Cela ne sembla pas motiver outre mesure les colons. Ils avaient déjà eu leur dose de photos à midi, mais n'osant pas contrarier le juge, ils s'installèrent. J'entendis cependant Serin murmurer :

— J'espère qu'il n'en a pas pour trop longtemps ! J'ai la dalle moi !

Bricart et moi reculâmes au fond du restaurant. Pour l'instant, nous n'étions pas censés être concernés. La projection commença. Les diapositives se succédaient montrant les différentes activités proposées aux jeunes dans le cadre des vacances offertes par le juge. Volley, pétanque, plage, sortie ornithologique, visite du fort avec un guide, tout y passa. Certains se reconnaissaient et les « comme on a changé » fusaient régulièrement. Sur les photos de groupe apparaissaient les disparus, mais personne ne fit de commentaire à leur sujet. C'était comme s'ils avaient été transparents. Puis vint une suite de portraits.

— Je me suis amusé, dit le juge. J'ai comparé vos photos d'antan et celles que j'ai prises ce matin ! L'ordinateur va les projeter sur l'écran. Vous allez rire !

Il commença par la sienne, puis celle d'Adèle qui était vraiment belle en son temps. Il projeta celles de l'éducateur au physique déjà quelconque et de l'animateur, un monsieur muscles avant de se retrouver en fauteuil. Puis, il passa aux participants du camp. Tous avaient pris trente ans et cela se voyait ! Il fallait bien admettre que le temps qui passe ne fait de cadeau à personne, quelles que soient les ruses que l'on utilise pour le tromper. Enfin, apparut en gros plan la photo de Florent Leroy, beau, sombre et ténébreux. La photo suivante arracha un cri d'horreur aux filles. Un silence lourd s'installa dans la salle. Il s'agissait d'une prise de vue réalisée par la gendarmerie lors de l'exhumation du squelette du jeune homme. On le voyait en entier, d'abord dans sa tombe de fortune. Ensuite, il y eut le foulard et la mise sous scellés des os, un par un.

Malgré l'ambiance, sans casser le rythme, le juge projeta le portrait de Jacqueline Binet, puis le trou au fond du bunker avec les os attachés par l'anneau scellé au mur.

— Qu'est-ce que ça veut dire ? lança Serin en se levant si brutalement que sa chaise se renversa.

Le juge ne se perturba pas.

— Cela signifie que les disparus de Tatihou ne le sont plus. L'archéologue est tombé sur la tombe, sommaire il faut le dire, de Florent Leroy en faisant des fouilles historiques. Un pur hasard. Mais voyez-vous, il est rare qu'un homme préhistorique porte un foulard avec le nom de notre groupe : Les Blaireaux. De plus, les os n'étaient pas anciens, enfin pas comme il l'entendait. Il a donc appelé la gendarmerie qui a fait appel à la police scientifique. Vous savez, ces techniques qui…

— On sait, l'arrêta le curé. On regarde tous la télé !

— Eh oui, c'est vrai. La vulgarisation a de bons côtés. Vous devinerez donc que des analyses poussées ont été faites. En dehors des indices matériels, l'ADN a parlé. Cette tombe au pied des remparts contenait bien le corps de Florent Leroy.

Il continua sans se préoccuper des murmures qui agitaient le groupe.

— La découverte du corps de Jacqueline tient à la gourmandise d'un renard. Celui qui l'a jetée au fond de ce trou ne pouvait pas imaginer que, trente ans plus tard, un renard ferait joujou avec les os de sa victime et pourtant… Vous imaginez la suite. Bref, là aussi l'ADN a parlé. Il s'agit bien de notre amie. Enfin pas l'amie de tout le monde de toute évidence.

— Donc, lança Gaby Dumont très pâle, cette réunion est un piège !

— Elle n'est un piège que si tu es le meurtrier, répondit le juge du tac au tac.

— Mais…

— Nous sommes ici pour comprendre ce qui est arrivé, il y a trente ans.

Les cartes étaient sur la table. Après la projection en notre présence, il n'y avait plus besoin de jouer la comédie et de faire des observations hasardeuses. Les colons n'étaient pas idiots. Ils avaient compris ou comprendraient très vite que notre présence n'était pas due au hasard. Bricart et moi nous avançâmes. D'un signe de tête, je permis au juge de continuer sur sa lancée.

— Il y a trente ans, nous étions seuls sur cette île. Pas d'autres touristes, ni de participants à un quelconque séminaire. Le meurtrier est donc forcément l'un d'entre nous.

On aurait versé une chape de plomb incandescente sur le groupe, que le silence n'aurait pas été plus lourd.

— Et vous comptez résoudre seul cette enquête ? ironisa Pierre Michaux.

— Oh non. Je suis trop vieux pour ces conneries. Et puis… je suis très affecté. J'avais confiance en vous. Je vous aime bien, tous. Mon jugement ne serait pas objectif. Je me suis donc adjoint des spécialistes.

— Qui nous dit que ce n'est pas vous le meurtrier ? lança Serin vindicatif. Vous l'aimiez bien la petite Jacqueline !

— Rien en effet. Mais si je l'aimais bien, c'était comme un père. Rien de plus. Mon éthique et la déontologie ne m'auraient pas permis de m'attacher à l'une d'entre vous autrement que comme un père à sa fille.

— Il y a des pères incestueux, persifla Serin.

— C'est vrai. Mais dans ce cas, pourquoi vous aurais-je réuni pour tout étaler au grand jour ? À mon âge, je ne risque plus grand chose. Il me suffisait d'attendre tranquillement la mort.

— Admettons que ce soit l'un d'entre nous. Qui ? interrogea Massimo Lupio.

— C'est justement le travail de ces messieurs-dame. Ils vont trouver, je vous l'assure. À moins que l'un d'entre vous préfère se livrer tout de suite.

Il n'y eut pas de réponse à cette invitation, mais tous les regards se tournèrent vers nous.

— Voici madame Claes, psycho-criminologue, et le major Bricart de Caen. D'autres personnes sont en renfort sur l'île. Je vous réaffirme qu'il n'y a aucun moyen de la quitter. La neige s'est fait notre alliée, mais avec ou sans elle, le confinement est assuré. Ne repartiront libres que les innocents. Le ou les autres devront payer pour leurs crimes et la façon ignoble dont ils les ont perpétrés. Désolé Adèle, dit-il en se tournant vers la cuisinière. Je ne pouvais pas vous mettre dans la confidence. Cela aurait faussé le jeu. Vous m'avez servi de prétexte. Dites-vous que c'est pour que justice soit faite.

Adèle ne répondit pas. Elle en était sans doute incapable. Son teint avait viré au vert et je la sentais encore une fois au bord du malaise.

Je m'approchai du juge et lui soufflai à l'oreille :

— Il serait bien d'aller chercher Palois.

— Ah oui. Bien sûr.

Se tournant vers Annie, il ordonna :

— Allez chercher Pascal Palois. Animateur ou pas, il faut qu'il assiste à cette soirée.

L'aide-soignante se leva sans un mot et, comme un automate, avança vers le couloir des chambres.

— Je vous accompagne, dit Bricart sans lui laisser d'autres choix.

Un instant plus tard, un hurlement retentit dans le bâtiment. Tous se figèrent. Je me précipitai pour retrouver Bricart qui sortait de la chambre en soutenant une Annie en sanglots.

— Palois est mort, annonça-t-il. Assassiné.

*

Il n'y avait plus à prendre de précautions. Jumet arriva dans le restaurant deux minutes plus tard, alors que Colas, revêtu de son uniforme cette fois, s'installait pour monter la garde auprès des colons.

— On t'a entendu sur la vidéo, dit Jumet à Bricart en aparté. On est venus tout de suite. Que s'est-il passé ? Où est Laura ?

— Elle est près du corps. Il a été tué, c'est certain. Vous n'avez rien vu d'anormal sur les vidéos ? Quelqu'un qui serait entré dans sa chambre ?

— Rien. Nada. Aucun mouvement depuis le retour de la balade. Pendant notre pause, Lucet est resté surveiller. Il n'a rien remarqué d'anormal. Allons-y.

Les hommes arrivèrent alors que je me penchais sur le corps martyrisé de Palois.

— Nom de Dieu ! lâcha Jumet.

Le spectacle était saisissant. Palois gisait recroquevillé dans les spasmes de la mort. Le plus horrible était sa langue coupée qui trônait sur l'oreiller dans une mare de sang.

— Le message est clair, dit Bricart. Il a sans doute menacé de tout révéler. On l'a fait taire et on conseille aux autres d'en faire autant. La théorie du complot se confirme.

— Comme tu dis. Je ne suis pas légiste, dis-je, mais d'après moi, il a d'abord été étouffé. Regardez les pétéchies au niveau des yeux et même de la peau. Il y a aussi la cyanose, cette coloration violacée aux extrémités. Doigts et ongles des mains et des pieds sont mauves, signe d'asphyxie. Voyez cet oreiller, celui qui gît par terre, il est humide. Des traces de salive, je pense. On y distingue aussi des traces d'écume rosâtre. On le lui a collé sur la figure et serré jusqu'à ce qu'il meure.

— Et la langue ? demanda Jumet.

— La quantité de sang indique qu'elle a été coupée post-mortem. Dans le cas contraire, le cœur pompant, il y en aurait eu plus. Et puis, il aurait hurlé. C'est un travail d'amateur fait avec un objet tranchant de petite qualité. La section est en biais et les bords irréguliers. Un couteau à viande peut-être. Vu la configuration des lieux, s'il avait crié, les autres auraient dû l'entendre. Surtout les filles de la chambre d'à côté.

— Je suis d'accord, confirma Bricart. Du moins pour les cris, parce que le reste, je n'y connais pas grand-chose !

— Forcément, c'est toujours moi qui me colle aux autopsies. Au moins ici, ça va servir. Je ne pense pas qu'un légiste puisse atteindre l'île par ce temps !

— En effet, répondit Jumet. Mais on va quand même appeler Bedel. Avec une vidéo, il pourra confirmer ou infirmer tes impressions.

— Bonne idée.

Bedel n'était plus à la morgue. Son portable ne répondait pas non plus. On nous proposa un légiste de garde que Jumet refusa. Il nous fallait un ponte. Il appela Lambert. Même si nous n'étions pas dans sa juridiction, nous avions en lui une confiance aveugle. Il répondit à la deuxième sonnerie. Jumet lui résuma la situation et il accepta sans réserve de donner son avis qui rejoignit le mien.

— En dehors des cris, si la langue avait été tranchée de son vivant, il y aurait beaucoup plus de sang, affirma-t-il. Bravo Laura ! L'élève rejoint le maître.

— Je n'irais pas jusque-là, mais c'est vrai que tu m'as tout appris ! Tant que tu ne me demandes pas de l'ouvrir !

— On le fera ensemble ! Ici les causes de la mort semblent évidentes. Il peut attendre un peu. De toute façon, il n'ira nulle part. J'espère que demain, le temps sera meilleur et qu'on pourra le transporter. En attendant, n'oubliez pas de couper le chauffage de la chambre, sinon cela va devenir vite insupportable !

Nous le remerciâmes. La cause de la mort étant établie, le mobile évident, il restait à trouver comment le meurtrier avait pu échapper aux caméras.

— Il n'y a qu'une possibilité : la porte-fenêtre, dit Jumet.

C'était logique et la seule façon d'échapper aux caméras.

— Cela veut dire aussi que le meurtrier a repéré le système de vidéosurveillance, remarqua Bricart.

Je haussai les épaules :

— Il ne faut pas être grand clerc pour y penser ! Aujourd'hui, il y des caméras partout. Il suffit de lever les yeux pour les repérer si on pense qu'il y en a !

Nous nous approchâmes de la porte-fenêtre. Elle était juste poussée. La serrure avait été forcée. La vue donnait sur une pelouse où trônaient de grands arbres. Au ras du bâtiment, il y avait eu des empreintes. On devinait que la neige fraîche avait été foulée, mais la chute continue des flocons se chargeait de protéger le meurtrier. Meurtrier qui avait pris la peine de piétiner tout le long du bâtiment afin qu'on ne puisse pas le relier à une autre chambre.

— T'es malin pépère ! grogna Jumet. Mais à malin, malin et demi. On ne te lâchera pas !

****

CHAPITRE 21

Après mes exploits de « légiste », j'eus droit à une formation de TSC (Technicien Scène de Crime). Bien sûr, comme mes collègues, j'avais vu Ménard à l'œuvre des dizaines de fois, mais lui, il arrivait avec une mallette tout équipée de différents produits et écouvillons. Ici nous n'avions rien de tel et Ménard était, comme les autres, bloqué par la neige. Heureusement, les portables fonctionnaient encore. Il y eut bien quelques coupures sans doute dues à la faiblesse du réseau plus qu'à la neige, mais en fin de compte, il arriva à me guider dans les prélèvements à faire. Bricart m'assista tandis que Jumet, trouvant que ce travail « c'était trop de chipot », alla interroger les colons sur leur emploi du temps pendant la période de repos. Nous étions d'accord pour dire que cela ne nous apprendrait sans doute rien, mais il fallait le faire.

— Tu es prête à noter ce qu'il te faut comme matériel ? me demanda mon collègue le nez vissé sur l'objectif de son téléphone, ce qui lui donnait l'air de sortir tout droit des *Visiteurs* avec un nez surdimensionné et un visage allongé. Je retins un sourire. L'heure n'était pas à l'ironie.

— Oui. J'ai de quoi noter.

— Bon alors, il te faut un appareil photo et des cotons-tiges neufs. Une boîte qui n'a jamais été ouverte, ce serait l'idéal. Du coton aussi. Du Scotch transparent, du papier blanc, un mètre de couturière ou au pire une règle, des crayons papier le plus gras possible, un couteau bien aiguisé, des sacs en papier ou sinon des sacs congélation. Ah et aussi un pinceau pas trop gros.

Il réfléchit :

— Il y a bien un laboratoire sur cette île ?

— Oui, mais je ne sais pas quand il a servi pour la dernière fois.

— Peu importe. Il faudrait des tubes en verre, genre petit chimiste, tu vois ?

— Oui.

— Ce serait bien pour enfermer les écouvillons une fois que les prélèvements seront faits. Mais si tu en trouves, il faudra bien évidemment les stériliser. Tu me rappelles quand tu seras prête.

L'appareil photo, j'en avais un dans mon sac. Je ne me déplaçais jamais sans mon petit Canon qui m'accompagnait partout. Je trouvai que cela faisait de meilleures photos qu'un téléphone. Il faut dire que le mien n'était pas de la dernière génération. Depuis, les fabricants avaient fait d'énormes progrès. Bricart, lui, était équipé du dernier Apple et assura qu'il doublerait toutes les prises de vues. Des cotons-tiges, j'en avais dans ma trousse, mais ce n'était pas une boîte neuve.

— Demande à Ludo. À l'infirmerie, ils ont peut-être ça, suggéra mon collègue.

Du Scotch, du papier, des crayons et une règle, on devait pouvoir trouver au bureau, le couteau et les sacs à la cuisine. Pour le labo, j'aurais aussi besoin de Ludo.

Bricart resta aux côtés du corps tandis que je m'en allais glaner ces différents éléments. Il s'attaqua aux premières prises de vues.

Je traversai la salle du restaurant où l'ambiance était plombée. Les colons silencieux attendaient leur tour pour passer devant Jumet qui, installé dans un coin, recueillait les témoignages tandis que Colas surveillait de près les « orange » et les « rouges » afin d'éviter qu'ils communiquent entre eux avant d'être interrogés. Une demi-heure plus tard, je revenais avec le matériel demandé. Ludo, une fois encore, avait fait des miracles en me trouvant des tubes à essai tout neufs dans une armoire du labo et une boîte de cotons-tiges et du coton à l'infirmerie. Il avait même ajouté une bouteille d'alcool et des gants stériles. Il avait aussi trouvé un pinceau neuf dans les ateliers de maintenance.

Bricart avait terminé de fixer la scène de crime et avait envoyé les photos à Ménard.

— T'es prête ? me demanda celui-ci.

Je sortis une paire de gants en nitrile de mon sac qui commençait à ressembler à celui d'une Mary Poppins de la Crim' tant il contenait des éléments divers et variés.

— Je suis prête.

— D'abord, tu vas mettre la langue dans un sac congélation.

Je regardai Bricart. Je n'avais aucune envie de toucher l'organe même avec des gants. Or, ici, pas la moindre pince pour venir à mon secours. Bricart lui s'intéressait de près à la porte-fenêtre… Je n'avais pas le choix.

— Prends un sac et retourne-le. Puis ramasse la langue en posant le sac dessus et en le retournant en même temps.

C'était déjà un peu mieux. La langue séchait déjà et le sang coagulait. Je pus obéir à Ménard sans qu'il ne se passe de catastrophe. La langue se retrouva à l'intérieur du sac que je refermai avec son zip après en avoir chassé l'air.

— Il faut la mettre au frigo, dit Ménard.

— Dans la cuisine ?

— Pourquoi ? Il y en a un autre ?

— Je ne crois pas.

Même enfermée hermétiquement, il n'était pas tentant de savoir que cette preuve allait côtoyer nos aliments !

Je doublai le sachet et le tendis à Bricart.

— Tu peux l'emmener ?

— Bien sûr.

Il enfouit le sac dans sa poche pour traverser le restaurant et se rendre aux cuisines où il devrait expliquer au cuistot et à Gaëtan qu'il ne fallait sous aucun prétexte toucher au sac !

— Bon, reprit Ménard. Change de gants.

— Je n'ai rien touché.

— Aucune importance. Si tu en as assez, tu changes entre chaque opération, d'accord ? Histoire d'éviter des transferts inopportuns.

— OK. J'ai une boîte neuve, cela devrait aller.

— Tu as de grands sacs ?

— Petits, moyens et grands. Tout ce qu'il y avait à la cuisine.

— Prends un grand et mets-y la taie de l'oreiller qui a servi à l'étouffement. Dans un autre, tu mettras l'oreiller lui-même.

La taie ne posa pas de problème. Pour l'oreiller, je dus utiliser deux grands sacs tête-bêche. Je fixai le raccord avec du Scotch.

— Maintenant, les prélèvements sur le corps. Prends tes cotons-tiges et tes tubes. Ils ont bien été stérilisés ?

— Passés à l'eau bouillante en cuisine, mais depuis je les ai transportés ici dans la casserole vidée de son eau. Attention, je n'en ai que six. Il faudra faire des choix dans les prélèvements !

— OK. Passe un coton-tige sur la main droite, un autre sur la main gauche, face interne des doigts, là où il y a le plus de chances qu'il ait touché son agresseur en se défendant. Tu les mets dans deux tubes séparés.

Bricart revenait. Il se chargea de découper des étiquettes dans du papier et les colla à l'aide d'un bout de Scotch sur chaque tube.

Nous fîmes de même pour les prélèvements sous les ongles. Je distinguai des fibres de tissu, mais pas de sang. Je relevai les manches de Palois et constatai des hématomes naissants sur ses avant-bras. On l'avait maintenu pendant qu'on l'étouffait. Mais qui peut tenir deux bras et un oreiller en même temps sur la figure de sa victime ? Bricart lâcha la conclusion qui s'imposait :

— Ils étaient deux.

— Cela semble logique d'après ce que l'on constate.

— Je vais enfermer ses mains dans des sacs, dis-je. Il peut y avoir des éléments sous les ongles et ce serait dommage de les perdre. Par contre, je n'ai que des sacs en plastique, pas en papier.

— C'est mieux que rien, me rassura Ménard. Quand tu auras fini, trouvez un drap propre et couvrez-le. Il faudrait le transporter dans un endroit frais.

Bricart eut la bonne idée :

— Dehors, j'ai vu des hangars qui ferment à clé. Vu le temps, cela pourrait suffire pour le conserver avant de l'envoyer à la morgue. Je vais voir Ludo pour organiser cela.

— Attends cinq minutes, je vais peut-être avoir besoin de toi pour la suite, dis-je.

Je fis bien. Il s'agissait maintenant de prélever des empreintes sur la porte-fenêtre. Bricart se chargea de casser les crayons et d'en récupérer la mine qu'il écrasa avec le cul d'un verre. Cela donna une poudre noire qui nous servit de poudre dactyloscopique. À l'aide du pinceau j'étalai la poudre sur les vitres et les montants. De nombreuses empreintes apparurent. Bricart les photographia en mode « macro » puis à l'aide du Scotch, je les relevai et collai le tout sur un papier. J'en comptai plus d'une vingtaine.

— Ils ne doivent pas faire souvent les carreaux, dis-je, surtout à cette saison. Ces empreintes peuvent appartenir à n'importe qui ! Scolaires, participants à des séminaires ou à Palois lui-même s'il a ouvert sa fenêtre !

— Oui, mais il y a une chance, même minuscule qu'une de ces empreintes appartienne au meurtrier.

— Avec le temps qu'il fait, ils ont tous des gants ! Je ne les pense pas assez idiots pour ne pas les avoir mis.

— On ne le saura qu'une fois qu'on les aura soumises au FAED[1]. Maintenant, sortez et tentez de relever

1. Fichier automatisé des empreintes digitales.

des marques de pas. Au moins, essayez de relever une pointure.

Ce fut peine perdue. La neige s'était chargée de couvrir les traces. Depuis le temps que nous étions dans la chambre, une couche épaisse était tombée, se faisant complice du ou des tueurs.

Nous avions fait le tour de ce qui était possible avec les moyens du bord. Bricart alla chercher Ludo et à deux, ils transportèrent le corps dans un hangar où il fut déposé sur des planches en hauteur en attendant mieux. Nous rejoignîmes la salle. Jumet avait donné son feu vert pour que le repas soit servi. Que l'un des leurs soit mort ne semblait pas avoir coupé l'appétit des convives. Il faut dire qu'à bientôt vingt-trois heures, je commençais aussi à avoir faim. Nous nous installâmes à une table isolée avec Colas et le juge.

— En temps normal, on devrait les isoler et les mettre en garde à vue ! Ils vont communiquer et si la théorie du complot est la bonne, ils vont s'organiser !

— Nous n'avons ni les cellules ni les hommes pour cela, rétorqua Jumet. Ils vont retourner dans leur chambre par deux. Lucet va surveiller le couloir grâce à la vidéo. Bricart, Colas et moi allons faire des quarts de deux heures pour surveiller la partie arrière du bâtiment. Je prends le premier quart. Toi Laura, tu vas au PC avec Lucet. Ludo ou même Lemarchand accepteront sûrement de te relayer. Demain matin, on les réunit tous ici et on crève l'abcès.

Ainsi fut fait. Le gâteau d'anniversaire arriva. Adèle souffla ses bougies parce qu'elle ne pouvait faire autrement. Le dessert expédié, chacun se retira dans sa chambre. En quittant le bâtiment, je croisai le gendarme Lucet qui allait manger. Je lui souhaitai un bon appétit et rejoignis mon poste à travers la tempête de neige tandis que Jumet allait prendre le premier quart en passant par l'arrière du bâtiment. Je tournai à gauche vers les bureaux quand il me sembla entendre crisser la neige dans mon dos. Je me retournai, certaine d'apercevoir le juge ou Colas, prête à leur souhaiter le bonsoir. À travers le blizzard qui avait encore forci, il me sembla apercevoir deux silhouettes qui passaient sous l'arche du lazaret en direction du musée maritime. Qu'allaient-ils faire par là ? Un coup de vent plus fort que les autres me déstabilisa. Au même moment, les réverbères s'éteignirent. Tous les bâtiments plongèrent dans le noir absolu. Plus d'électricité ! Il ne manquait plus que ça ! Je fus prise d'un gros doute.

— Eh vous ! Arrêtez !

Je me mis à courir, mais la couche de neige ralentissait ma course. Quand j'arrivai à l'arche de pierre, il n'y avait plus personne en vue.

Le coup atteignit mon cou sans que je n'entende rien venir. L'expression « voir trente-six chandelles » devint une réalité qui jusqu'alors m'était inconnue. Je tombai à genoux en poussant un gémissement de douleur. Ma tête allait éclater. Je sentais un filet de sang qui coulait dans ma nuque. Curieuse sensation de chaleur qui me fit presque du bien dans l'univers de glace où je baignais. Je tentais de me redresser quand un coup de pied magistral atteignit mes côtes, me coupant le souffle et m'envoyant valdinguer un bon mètre plus loin. J'atterris entre deux succulentes aux frontières de l'inconscience.

— Arrête ! Elle va crever si tu continues.

— Pas grave. Cette fouille-merde et ses petits copains vont foutre nos vies en l'air. Allez, on y va si on veut s'en sortir !

J'entendis des pas s'éloigner. Morphée me tendait les bras, je voulais juste dormir…

****

CHAPITRE 22

— Madame Claes, je vous en prie, réveillez-vous !

Pas envie. J'étais bien. Juste à la frontière entre conscience et inconscience, celle qui joue avec notre esprit au sortir du sommeil.

— Réveillez-vous ! Je vais aller chercher vos collègues, mais je ne peux pas partir si vous êtes inconsciente ! Le froid va vous emporter. Réveillez-vous !

Je sentis qu'on glissait quelque chose sous ma nuque et ce simple mouvement me vrilla de douleur.

Je ne pus retenir un cri. Cette fois la réalité me rattrapait avec vigueur. Je voulus prendre une large inspiration, commandement de mon cerveau en manque d'oxygène. Ce fut pire. On m'enfonçait un couteau entre les côtes, une pointe de feu me traversa le corps. Tentant de respirer, je me lançai dans un autre exercice périlleux : ouvrir les yeux. Je clignai les paupières pour m'assurer que j'avais réussi cet exploit. Pourtant dans un premier temps, je ne vis rien. Puis tout doucement une silhouette se dessina, penchée sur moi. Juste une silhouette perdue dans un tourbillon de flocons. À cet instant, les lampadaires se rallumèrent.

— Ah vous revoilà ! C'est bien. Je vais chercher vos amis.

Il me sembla reconnaître la voix du juge.

— C'est vous Gambier ?

Ma voix semblait sortir d'un autre corps, si faible que je ne la reconnus pas.

— Oui, oui. Ne bougez pas. Je reviens.

Bouger ! Il en avait de bonnes. Si mon cerveau retrouvait ses facultés, mon corps demandait un répit supplémentaire. Je tentai de m'appuyer sur un coude et la pointe de feu revint, plus exacerbée que la première fois. J'avais au moins une côte cassée, mais ma respiration était normale. Au moins, j'avais échappé au pneumothorax. Je tâtai ma nuque et y trouvai ce qui ressemblait à un œuf de pigeon. Près de l'ancien hôpital, j'entendais le juge crier :

— Major, Major venez vite !

Bricart ouvrit sa fenêtre. Il était sans doute déjà couché.

— Quoi ? Qu'est-ce qu'il y a ?

— C'est madame Claes. Je crois qu'elle a été agressée.

Il y eut un bref instant de flottement.

— J'arrive !

Quelques instants plus tard, les deux hommes étaient à mon chevet.

— Laura, bon Dieu ! Qu'est-ce que tu as fait ?

Pour un peu j'allais me faire engueuler !

Je grimaçai :

— Moi rien ! On m'a agressée.

— Qui ?

— Deux personnes, mais je ne sais pas qui. Je n'ai pas eu le temps de les voir.

— Appuie-toi sur moi. Tu es gelée. T'as pas besoin d'une pneumonie en plus. Et vous, monsieur le juge, ramassez votre manteau. Vous aussi vous allez attraper la crève !

Ils m'amenèrent à la chambre initialement destinée à Adèle. Elle avait l'avantage d'être au rez-de-chaussée et je me voyais mal jouer à l'équilibriste dans un escalier couvert de neige pour rejoindre ma propre chambre.

Bricart m'aida à enlever mon manteau et constata les dégâts sur ma nuque.

— On va mettre de la glace.

Il récupéra un des sacs congélation dans mon sac que le juge avait pris soin de rentrer. Il sortit, alla le remplir de neige et revint l'appliquer sur ma bosse.

— Ça va aller ?

— Je crois que j'ai une côte cassée…

— Très bien. On va te soulager. Monsieur le juge, allez chercher Ludo. Je vais avoir besoin du matériel de l'infirmerie et prévenez aussi mon collègue.

Le juge s'exécuta tandis que Joël ordonnait :

— Déshabille-toi.

C'était un peu gênant. Je n'avais pas l'habitude de me promener en petite tenue devant mes collègues !

— Allez ! Fais pas ta chochotte ! C'est juste pour te soigner. J'ai un diplôme de secouriste, je te rappelle !

J'ôtai mon pull avec un soupir au moment où Jumet entrait en trombe.

— Laura ! Oh pardon !

— Pas grave ! C'est la fête ce soir !

— Qu'est-ce qu'il s'est passé ? demanda mon chef qui ne cachait pas sa colère.

Je lui résumai mes déboires tandis que Bricart tâtait mes côtes douloureuses.

— Je ne pense pas que ce soit cassé. Fêlé sans doute. Mais sans radio, c'est difficile à assurer. Douloureux, mais moins dangereux qu'une côte cassée qui risquerait de te perforer le poumon ! On va arranger ça.

On toqua à la porte. Jumet ouvrit à Ludo qui se tenait dans le couloir.

— Laura va bien ?

— Autant que possible. Ramenez-nous des bandes Velpeau et du paracétamol. Il doit bien y avoir cela à l'infirmerie. Et dites à Colas de vérifier les chambres. On doit avoir deux absents.

— Je m'en occupe.

Tandis qu'il partait, Bricart me prépara un second sac de glace qu'il me fit appliquer sur ma côte.

Ludo revint avec le matériel demandé. Jumet tint à faire lui-même le bandage de soutien tandis que Bricart me faisait avaler un Doliprane 1000.

— Maintenant, tu vas dormir, décréta Jumet. On retourne au dortoir. Si tu as besoin de quelque chose, appelle ou demande au juge.

— Pas question ! Je viens avec vous. Je vais coincer ces salopards !

— Dors !

— Très bien ! Jure-moi que si c'était toi la victime tu resterais au fond de ton lit et j'en ferai autant !

— …

— C'est bien ce que je pensais ! On y va.

J'eus quand même quelques difficultés à enfiler mon manteau, mais fis celle qui n'avait pas mal sans pour autant tromper mes collègues.

Le restaurant était plongé dans le noir. Nous retrouvâmes Colas dans le sas entre les dortoirs et le restaurant. Là aussi une porte donnait sur l'extérieur.

— Ah vous êtes là ! Ça va ? demanda-t-il en me voyant.

— Oui, oui. Avez-vous vu quelque chose ?

— Ben non. Ce n'était pas mon tour de garde.

Jumet se renfrogna se sentant agressé.

— Non, c'était le mien. Et je vous assure que personne n'est passé par-derrière.

— Ils sont sans doute sortis dans le court laps de temps qu'il m'a fallu pour rejoindre le PC. À cet instant, il n'y avait sans doute personne devant les caméras, dis-je. Lucet était allé manger. Elles gardent les fichiers, n'est-ce pas ?

— En principe.

Colas fit la grimace.

— J'espère que la panne de courant n'aura pas provoqué de bug.

— Vous avez vérifié les chambres ? Qui est absent ?

— Vous n'allez pas me croire. Personne. Tous ont répondu.

— C'est impossible, dis-je. J'ai vu deux silhouettes. Une des deux au moins était un homme. L'autre, je ne suis pas sûre.

— Même quand ils ont parlé ? Tu n'as pas reconnu les voix ?

— J'étais trop dans le cirage. Je peux juste te dire qu'il y a un vrai méchant que l'autre tentait de calmer. Heureusement d'ailleurs, sinon, je ne serais peut-être pas là pour en parler.

— Donc, le vrai méchant, comme tu dis, aurait pu te supprimer pour cacher son crime d'il y a trente ans…

— Surtout pour protéger sa vie actuelle, dis-je. Il me semble que c'est ça qui lui faisait peur. Être rattrapé par le passé. Il faut revérifier les chambres.

La lumière s'éteignit à nouveau.

— Eh merde ! Vous avez des torches ? demanda Jumet à Colas.

— Au PC. Je vais les chercher.

En attendant, nous allumâmes les lampes de nos portables. Au moins, on y voyait quelque chose.

— Regardez ! dis-je boostée à l'adrénaline tout à coup.

— Quoi ?

— Sur le sol ! Ces traces humides. Quelqu'un est rentré les pieds mouillés par la neige.

Ça ne se voyait pas à la lumière crue des plafonniers, mais à la lueur bleutée des portables, il n'y avait qu'à suivre les traces. Elles nous menèrent tout droit à la chambre de René Serin et de Lili. Colas revint avec les torches. Dans la lumière blanche et puissante, les traces étaient invisibles.

— Je le savais ! murmura Jumet en tentant d'ouvrir la porte.

Elle était fermée à clé. Logique. Après ce qui s'était passé avec Palois, moi aussi je me serais enfermée à double tour !

Il tambourina sur le battant.

— Ouvrez Serin ! C'est le commandant Jumet.

Il y eut des glissements à l'intérieur de la chambre et pour finir la porte s'ouvrit.

— Qu'est-ce que vous voulez ?

Nous entrâmes en le repoussant. Lili s'assit sur son lit, l'air hagard. Elle devait dormir.

— Où étiez-vous il y a une demi-heure ?

— À la salle de bains, ou déjà dans mon lit ! Je ne regarde pas ma montre toutes les cinq minutes !

— Vous étiez dehors ! On vous a vus !

Il exagérait un peu.

— Je n'ai pas mis les pieds dehors, s'emporta Serin. Je ne suis pour rien dans vos histoires ! Lâchez-moi un peu la grappe !

Lili se leva. En nuisette et démaquillée, elle portait les traces de sa vie nocturne.

— C'est vrai, assura-t-elle. Il n'est pas sorti. Pourquoi vous demandez ça ?

— Madame Claes s'est fait agresser dans la neige et les traces de pas mènent tout droit à cette chambre. La vôtre comme par hasard, le roi du couteau ! René Serin, il est une heure du matin. À partir de cet instant vous êtes en garde à…

— Attends ! dis-je.

Jumet me jeta un regard où se mêlaient surprise et indignation.

— Regarde. Éteignons les torches et ne gardons que les portables.

La lumière bleue montra un sol parfaitement sec.

Colas ralluma sa torche et Bricart demanda :

— Où sont vos chaussures ?

— Vous êtes des malades ! Surtout lui, dit-il en désignant Jumet du menton. Mes chaussures sont là, sous le lit.

Il montra une paire de chaussures, genre chaussures de marche qu'il avait portées toute la journée, parfaitement sèches.

— Où sont les vôtres ? demandai-je à Lili.

— Dans la salle de bains.

Le constat fut le même. Sèches.

— Avez-vous d'autres paires ?

— Vous me gonflez à la fin ! On est venus pour deux jours et une nuit. Vous croyez qu'on a déménagé toute la garde-robe ? C'est ridicule. Barrez-vous et laissez-nous dormir. Demain, on s'casse ! Neige ou pas. Si vous n'avez rien d'autre contre moi, bonne nuit !

Nous refluâmes vers le couloir.

— Tu vois ça comment ? me demanda Jumet.

— L'agresseur est un malin. Il est rentré avec ses chaussures, a marché jusqu'à la chambre de Serin. Avec son passé, celui-ci avait toutes les chances d'être soupçonné. La preuve, tu…

— Ça va ! Continue.

— Arrivé à la porte de Serin, il ôte ses bottines et rentre chez lui en chaussettes. Ni vu ni connu.

— Mais tu dis qu'ils étaient deux ! Pourtant ici il n'y a les traces que d'une personne !

— Je ne sais pas ! Peut-être qu'il a enlevé ses chaussures avant d'entrer ou alors qu'il n'est pas revenu…

— On va fouiller les autres chambres. Et crois-moi, on va trouver !

****

CHAPITRE 23

Sur ces mots, Jumet tambourina à la porte d'Annie Perriers et d'Adèle.

— Ouvrez ! C'est le commandant Jumet.

Il y eut un long silence, puis au moment où il allait frapper à nouveau, la porte s'ouvrit. Annie Perriers était en chemise de nuit sur laquelle elle avait enfilé un pull.

— Qu'est-ce que… ?

— Où sont vos chaussures ?

— Mais…

— Montrez-les-moi !

L'aide-soignante s'exécuta dans le noir de la chambre. Colas l'éclaira avec sa torche. Les chaussures étaient sèches. Dans l'autre lit, Adèle semblait dormir. On ne distinguait qu'une forme sous les couvertures. Elle avait le sommeil lourd, ou alors…

Je me dirigeai vers le lit quand Annie Perriers tenta de m'arrêter :

— Laissez-la ! Toutes ces histoires l'ont rendue malade. Je lui ai donné les somnifères de Palois pour qu'elle puisse dormir.

— Vous êtes certaine ? Dans ce cas, elle ne se réveillera pas si je vérifie qu'elle est bien là !

— Écoutez…

Dans le même temps, je soulevai la couverture. Dans le lit, il n'y avait qu'un traversin et des vêtements censés donner l'illusion d'un corps endormi.

— Où est-elle ? aboya Jumet.

Annie Perriers fondit en larmes.

— Elle… elle voulait rejoindre le juge. Vous savez, elle est veuve et n'a que peu de moyens. Elle pensait le séduire et s'assurer une vieillesse à l'abri du besoin en sa compagnie. C'est tout. Elle était certaine que vous viendriez, c'est pour ça qu'elle m'a demandé de l'aider à cacher son absence.

Colas intervint :

— C'est vous qui avez répondu quand je suis passé tout à l'heure ?

— Oui, oui. Je suis désolée. Je ne pensais pas faire de mal.

— Très bien, fit Bricart. Vous êtes consignée dans votre chambre jusqu'à nouvel ordre. Colas, allez quand même vérifier chez le juge. On ne sait jamais.

Bricart, Jumet et moi continuâmes l'inspection des chambres et des sanitaires. Tous les autres colons étaient là. Les chaussures étaient sèches.

Colas revint assurant que le juge était seul.

Nous nous réunîmes dans le restaurant. Lucet prit la garde dehors tandis que Ludo irait assurer la surveillance des caméras.

— Tu crois qu'Adèle est ton deuxième agresseur ? me demanda Jumet.

— C'est possible. Pas celui qui m'est rentré dedans, mais celui qui l'a calmé, peut-être.

— Tu n'as pas reconnu une voix ? Celle d'une femme est quand même plus aigüe que celle d'un homme.

— Celui qui m'a tabassée était un homme, c'est certain. L'autre, je ne sais pas. Je te rappelle que j'avais pris un bon coup sur la tête et qu'ils chuchotaient !

Il répéta :

— Est-ce possible que ce soit Adèle ?

— Je ne peux rien affirmer. Mais c'est quand même grâce à cette personne que je suis encore en vie. Alors, vu que c'est la seule manquante, je dirais oui. Par contre, aucun homme ici n'a les chaussures mouillées.

Bricart me regarda intensément :

— Tu as une idée du temps que tu es restée dans le cirage ?

— Ben… J'ai quitté le restaurant vers minuit et demi après le gâteau. Je me suis dirigée vers le PC. J'ai croisé le gendarme Lucet, on a échangé quelques mots… Je ne sais pas moi, vers une heure moins le quart, ou peut-être une heure. Je n'ai pas regardé ma montre.

— Quand le juge m'a appelé, il était deux heures dix, fit Bricart. Lorsque je me réveille en pleine nuit, la première chose que je fais est de regarder l'heure. Tu serais donc restée dans le coaltar plus ou moins une heure. Heureusement que tu étais chaudement habillée ! On aurait pu te retrouver morte. Comment le juge t'a-t-il dénichée ?

— Je n'en ai aucune idée.

Il y eut un silence. Nos pensées se rejoignirent dans un élan consterné. Jumet osa :

— C'est le seul dont on ne peut avoir de certitudes par les chaussures. Vu qu'il est venu à ton secours, il a marché dans la neige et donc elles sont forcément mouillées ! Serait-il possible que ce soit lui qui t'ait agressée ?

Colas s'emballa :

— Il était le mieux placé ! Insoupçonnable. Il se présente en sauveur. S'il nous venait à l'idée de contrôler ses chaussures, elles sont pleines de neige, mais quoi de plus normal vu qu'il était à votre chevet dehors. Et si vous étiez morte, il prétendrait avoir entendu du bruit et être venu à votre secours. Ça colle. L'heure n'aurait plus eu d'importance.

— Attendez une minute, dis-je étourdie par ce flot de paroles. C'est un homme âgé. Aurait-il eu assez de force ? Pour m'assommer avec un bout de bois sans doute. Mais le coup de pied dans les côtes était d'une rare violence. Je l'imagine mal faire ce geste.

Bricart reprit :

— Il est âgé certes, mais il est grand et fort. La colère aidant, il a pu trouver des forces nouvelles. Et puis en se faisant passer pour faible, il écarte les soupçons. Cela vaut quand même la peine d'aller l'interroger.

— Admettons qu'il soit à l'origine de tout ce micmac, pourquoi aurait-il accepté d'organiser ce week-end ? demandai-je. C'était se mettre en danger. En nous laissant patauger dans l'inconnu, il y avait de fortes chances que nous n'élucidions jamais cette affaire et qu'il meure en paix de sa belle mort. Cela n'a pas de sens.

Le silence s'abattit sur nous, empreint d'incertitudes.

— On ne peut plus l'écarter de la liste des suspects, estima Jumet, mais on manque de preuves. En tout cas, il ne risque pas de fuir. On l'interrogera demain matin. La première chose à faire est de retrouver Adèle. Si elle sait quelque chose, elle est peut-être en danger.

Nous approuvâmes en chœur. Nous nous divisâmes en trois équipes. Lemarchand fut encore appelé à la rescousse. Il resterait de garde au PC et Colas dehors surveillerait l'arrière du bâtiment. Jumet et moi fouillerions les bâtiments situés dans l'enceinte du lazaret. Bricart et Ludo iraient jusqu'à la caserne et au fort. Lucet s'occuperait des bâtiments de maintenance et des terrains situés autour.

Ludo nous confia les clés des différents bâtiments et chacun s'en alla effectuer sa reconnaissance, équipé de lampes torches. Le courant n'était pas encore revenu et je craignais que cela ne dure un moment.

Bricart, Ludo et Lucet partis, Jumet et moi refîmes un tour des chambres au grand dam des colons endormis. Ensuite, nous fouillâmes les cuisines, les celliers, les réserves avant de nous diriger vers le foyer. Rien. Nous continuâmes par le château d'eau, puis le laboratoire. Plus loin, vers le musée, il y avait une autre petite maison dite « des équipages ». Nous n'y découvrîmes rien d'intéressant. Nous longeâmes un mur d'enceinte qui donnait sur un terrain laissé à l'abandon où, dans l'obscurité, on devinait un bunker. Plus loin, c'était le musée. Inviolable, car équipé de systèmes d'alarme.

Jumet et moi échangeâmes un regard entendu. Ce bunker, situé à l'opposé de l'autre, titillait notre instinct de flic.

— On y va ? demanda-t-il.

— Oui, cela vaut la peine d'y jeter un coup d'œil.

Nous franchîmes sans vergogne une chaîne et un panneau interdisant l'accès à ce site « pour notre sécurité ». Nous marchâmes dans l'herbe rase couverte de neige. Elle crissait à chacun de nos pas, rendant l'approche peu discrète. Mais nous ne dérangeâmes personne. La seule qui était là était morte depuis plusieurs heures déjà.

*

— C'est Adèle, dis-je énonçant une évidence.

— J'appelle Bricart et Colas, décréta Jumet.

Ce qu'il fit stipulant que Ludo devait attendre les ordres au bureau. On aurait sûrement besoin de lui, mais pour une première approche, Jumet préférait être entre pros. Je commençai les premières constatations. Jumet tenait les deux torches pour éclairer le corps. Adèle gisait sur le ventre. Le bunker l'avait protégée des chutes de neige, ce qui facilita mon travail.

— On lui a cassé le cou, dis-je. Regarde. Cet angle est tout à fait anormal. C'est l'œuvre de quelqu'un qui sait s'y prendre, une technique de commando. Il est arrivé par-derrière et lui a littéralement brisé la nuque entraînant une mort instantanée. La seule chose positive c'est qu'elle n'a pas eu le temps d'avoir mal.

— On a un ancien commando parmi les colons ?

— Pas que je sache.

Il y eut un silence. Nous pensions à la même chose.

— Et le juge ?

— Je n'en sais rien. Je n'ai pas étudié son pedigree, dis-je en pensant que c'était une erreur.

Jumet suivit mon idée :

— Tu n'as rien à te reprocher. Gambier fait partie de la grande Maison. Nous sommes partis avec un *a priori* positif parce qu'il a coopéré et qu'il est des nôtres. Aujourd'hui, nous ne sommes plus sûrs de rien. Parfois, il y a des brebis galeuses dans le troupeau. J'ai hâte de le faire passer sur le grill.

— Moi aussi, dis-je en continuant l'examen du corps.

Adèle était chaudement habillée et il n'y avait pas de traces de sang sur le sol. À cause du froid et des heures passées depuis la mort, que l'on pouvait logiquement situer peu après mon agression, la rigidité cadavérique s'installait déjà.

Il fallut presque une demi-heure à Bricart pour nous rejoindre. Colas s'était fait remplacer par Lucet pour la garde de l'arrière des bâtiments et arriva plus vite. Il n'était pas loin de six heures du matin. Après cette nuit blanche, le choc de l'agression et le froid piquant, je commençais à ressentir les effets de la fatigue. Mes côtes tiraient. Un nouveau Doliprane aurait été le bienvenu. Heureusement, le vent s'était calmé et les rares flocons qui tombaient encore se balançaient mollement dans l'atmosphère.

— Alors ? demanda Bricart en débarquant, le nez rouge et les mains enfoncées dans les poches malgré les gants.

— C'est Adèle. Morte.

— Comment ?

— Nuque brisée.

Il jeta un coup d'œil au cadavre :

— Travail de pro. Qu'est-ce qu'on fait maintenant ?

****

CHAPITRE 24

Bricart prit les photos de la scène de crime. Je sortis mes sacs en plastique, emballai les mains de la victime et tentai quelques tamponnages sur son cou. Peut-être l'assassin aurait-il laissé son ADN. Pour ce qui était des empreintes, je n'y croyais pas. De toute façon, relever des empreintes sur la peau était un exercice beaucoup plus complexe que sur un carreau. Je n'étais pas équipée pour cela. Ludo fut prié d'apporter la civière de l'infirmerie. Il s'exécuta sans poser de question. Quand il arriva, il poussa un gros soupir en découvrant le corps :

— Quelle misère !

Bricart et lui eurent du mal à installer le cadavre sur la civière. La position du corps qui s'était recroquevillé dans sa chute et la rigidité ne permettaient pas de l'allonger comme il aurait fallu. Enfin, ils purent la transporter.

— Où la met-on ? demanda Ludo.

— Avec Palois.

Nous suivîmes cet étrange cortège funéraire à la lueur des lampes torches, au milieu des flocons reprenant de la vigueur.

— Posez-la sur l'établi, ordonna Jumet. J'appelle Lambert. Il pourra nous guider si besoin est.

Malgré l'heure matinale, le légiste répondit à la première sonnerie.

— Déjà debout ? s'étonna Jumet qui avait mis le haut-parleur.

— Eh ! Il y en a qui bossent. Je suppose que si tu m'appelles, c'est qu'il y a un nouveau problème.

— Si tu appelles un corps un problème, alors oui, il y en a un.

Lambert, qui connaissait l'aversion de mes collègues pour les autopsies, s'adressa directement à moi.

— Qu'est-ce que tu en dis Laura ?

Je lui décrivis mes conclusions.

— Essaye quand même de la déshabiller, histoire de voir s'il n'y a pas de blessures sous les vêtements.

— Mais il n'y a pas de sang…

— On ne sait jamais.

— Cela ne va pas être simple.

— Ouvre au moins sa doudoune et soulève le ou les pulls. N'oublie pas de baisser son pantalon pour voir s'il n'y a pas de violences sexuelles. Celles-ci n'entraînent pas nécessairement une grosse hémorragie, mais des lésions au niveau des lèvres.

Nous demandâmes à Ludo de sortir. Il s'exécuta sans se faire prier, mais en marmonnant :

— C'est quand même un drôle de métier que vous faites-là ! Je vous attends au PC.

Colas recula dans l'ombre, une torche dans chaque main pour éclairer autant que possible la « table » de travail.

— N'oublie pas les gants !

Ça ne risquait pas ! D'ailleurs à ce rythme, nous finirions par en manquer.

Je suivis les ordres de Lambert sans y croire. Les vêtements n'avaient pas été manipulés, j'en étais certaine. Nous avions déjà eu l'occasion de voir des cadavres déshabillés puis rhabillés par leur tortionnaire. Cet exercice était très difficile et jamais le résultat final n'était parfait.

Jumet tint le téléphone de Bricart en mode vidéo d'une main et une torche de l'autre pendant que nous tentions de retirer les vêtements. Impossible de passer les manches ou les jambes de pantalon. La rigidité s'opposait à nos gestes.

— Il te faudrait des ciseaux, déclara Lambert.

— Mais…

— Pourquoi hésites-tu ? Tu as peur qu'elle ait froid ? Allons, un peu de nerfs.

Jumet cherchait déjà des yeux ce qui pouvait s'apparenter à des ciseaux. Il trouva un sécateur.

— Très bien. Cela va faire l'affaire.

J'avais pu ouvrir l'anorak. Je coupai le pull et le soutien-gorge en son milieu. Pas d'hématomes. Le pantalon de ski était porté sur un legging noir. Il me fallut près d'un quart d'heure pour découper le tout sans entamer la peau. Arrivée à la petite culotte, j'hésitai encore. Bricart annonça en prenant une torche :

— Je te laisse faire. Tu y verras mieux avec plus de lumière.

Observer l'intimité de cette femme dans ces conditions étranges était dérangeant. J'avais pourtant déjà vu Lambert ausculter des dizaines de corps dont de nombreux avaient été violés, mais sous la lumière crue d'un Scialytique sur une table d'autopsie, cela avait un côté médical officiel et acceptable pour le bien de l'enquête. Ici, dans la demi-obscurité, dans cette atmosphère de fin du monde, j'avais le sentiment très dérangeant que c'était moi qui allais lui faire subir un viol.

Le coton de la culotte céda facilement sous la lame du sécateur, dévoilant une toison brune peu épaisse.

Les hommes se taisaient et je n'entendais plus que leurs respirations dans le silence de la nuit.

— Il n'y a pas de sang, dis-je. Pas de lésions apparentes non plus. Mais…

— Oui ? dit Lambert.

— Je pense qu'elle a eu un rapport sexuel dans les heures précédant sa mort, dis-je.

— Pourquoi ? demanda Lambert. Que vois-tu ?

— Je ne suis pas certaine. Mais je pense que du liquide séminal a coulé de son vagin.

— Il faut faire un prélèvement. S'il y a du sperme, dès qu'on pourra faire les analyses, on aura l'ADN. Tu vois, déclara-t-il triomphant, il fallait le faire !

Nous ne pûmes pas réellement rhabiller la malheureuse Adèle. Colas alla chercher une couverture à l'infirmerie pour couvrir le corps. Nous l'enfermâmes avec son ancien collègue et rejoignîmes le PC. Il n'était pas loin de huit heures. Je n'en pouvais plus.

— *Time break*, déclara Jumet. On s'accorde deux heures de sommeil. On se retrouve à dix heures au restaurant. De toute façon, personne ne peut quitter l'île. Les colons vont arriver au petit déjeuner. Je vais dire à Gaëtan de fermer les portes une fois que tout le monde sera dans le restaurant. Lucet restera avec eux, c'est le plus frais d'entre nous. Un genre de garde à vue collective et non officielle.

J'appréciai la décision. Dix minutes et un Doliprane plus tard, je dormais tout habillée dans la chambre du rez-de-chaussée, voisine de celle du juge. Méfiante, j'avais fermé ma porte à double tour. L'assassin était peut-être mon voisin.

*

J'eus le sommeil agité. Je pensais, en m'allongeant, pouvoir dormir profondément, mais mon cerveau en décida autrement. Ma nuque chauffait et, à chaque mouvement, une pointe de feu vrillait ma côte. Je finis par caler deux oreillers et choisis une position semi-assise pour moins souffrir. Enfin, le paracétamol fit de l'effet et je pus somnoler, revoyant les événements de la journée et analysant les éléments en notre possession. Deux morts en moins de vingt-quatre heures. Il fallait très vite trouver le fil qui mènerait à la solution, sinon nous allions vers une véritable hécatombe. Je m'endormis enfin, laissant à mon inconscient le soin de trier les informations.

Jumet frappa à ma porte en descendant :

— Laura ! Tu es réveillée ?

Comme je ne répondais pas assez vite à son goût, il tambourina plus fort.

— Tu es réveillée ? Réponds ou je défonce la porte !

J'avais fini par sombrer et avais beaucoup de mal à m'extraire du sommeil comateux où je flottais.

— Oui, oui. T'inquiète pas.

— Ça va ? Sinon, reste couchée, on se débrouillera.

— Pas question. J'arrive.

— On t'attend. Il est plus de dix heures.

Dans la salle de bains, je découvris avec satisfaction que l'électricité était revenue. Un passage aux toilettes, un coup de gant sur la figure et j'ouvris la porte. Mes collègues ne semblaient pas avoir meilleure mine que moi.

— Salut !

— T'as l'air fatiguée. Tu es sûre que ça va aller ?

— Oui Papa ! Vous aussi vous avez une sale tête !

Bricart rit et lança à Jumet :

— Tu l'as cherché !

Nous prîmes le chemin du restaurant. De loin, on voyait Gaëtan dans la salle s'agiter à servir ou débarrasser les plateaux de petits déjeuners. Je m'arrêtai net, saisissant le bras de mon collègue :

— Ça va pas ? me demanda-t-il.

— Arrête avec cette question. Si, ça va et même très bien. Je viens de comprendre un truc !

— Ah bon. Vas-y, on t'écoute.

— Vous vous souvenez de la projection des diapositives du juge.

— Oui et alors ?

— Adèle était la cuisinière. Sur les photos, elle portait une blouse. Un tablier fermé sur le devant par une série de boutons, sûrement en plastique.

— Et ?

— Il était bleu. Le tablier était bleu. Rappelez-vous, on a trouvé des fibres bleues sur les squelettes. Bleues et maculées de graisse.

— C'est vrai, mais elle n'était peut-être pas la seule à porter du bleu. C'est commun.

— D'accord. Dans les collèges à l'époque, on portait ce genre de blouses. C'était obligatoire du moins pour certaines matières. Elles étaient en nylon, jusqu'à ce que l'on se rende compte que c'était accidentogène, car trop inflammable. Le genre de blouse qu'aurait pu porter Adèle dans les années 1980. La graisse pour une cuisinière, c'est assez normal. Projections de cuisson, taches de sauce, que sais-je encore ? Ménard a-t-il donné des nouvelles sur ce sujet ?

— Non, mais on va l'appeler. Allons au PC.

Au passage, Bricart demanda trois plateaux aux cuisines. Froid et manque de sommeil pompaient les organismes. Il nous fallait du carburant. Le cuisinier assura que nous les aurions dans quelques minutes. Dans la salle, tous les colons étaient rassemblés. Lucet et Colas veillaient au grain. Serin lança quelques invectives en nous voyant passer, peu satisfait d'être confiné. Mais derrière les carreaux, nous ne comprenions rien. Il en aurait fallu plus pour nous perturber.

Nous trouvâmes les bureaux vides.

— Comme les gendarmes sont avec les colons, Lemarchand et Ludo ont dû aller dormir un peu, décréta Bricart.

Mes jambes se firent molles tout à coup :

— Les colons oui. Mais le juge ? Quelqu'un a vu le juge ?

Jumet se précipita sur les écrans :

— Il n'est pas là ! Qu'est-ce qu'il fout Colas !

Bricart était déjà dehors. Il courait vers la « maison des équipages ».

Jumet lui emboîta le pas et je suivis cahin-caha.

Quand j'arrivai, ils avaient défoncé la porte de la chambre. Le juge, allongé sur son lit, paraissait dormir. Il semblait avoir rapetissé et fondu tant il était évanescent, le teint presque transparent. Il n'était plus que l'image de lui-même. Une boîte de bêtabloquants vide gisait sur sa table de nuit. Une lettre était déposée bien en évidence sur le petit bureau. On pouvait y lire en lettres majuscules : JE SUIS LE COUPABLE.

Rien de plus. Ce n'était pas signé.

— Trop facile. Le vrai meurtrier vient de faire une troisième, que dis-je, une cinquième victime.

À cet instant, mon regard se posa sur la couverture. Elle se souleva imperceptiblement. Je crus avoir eu une vision. Cependant, je lançai :

— Il est vivant !

****

CHAPITRE 25

— Il faut le faire vomir, dis-je.

Bricart l'installa en position latérale de sécurité et sans hésiter lui enfonça deux doigts dans la gorge. Le corps du juge eut comme une hésitation puis se révulsa. Il cracha un magma de gélules roses. Certaines étaient ouvertes, d'autres heureusement encore fermées.

— Je vais lui donner de l'eau et immédiatement le faire revomir, faute de lavage d'estomac, c'est la seule solution.

Il s'exécuta et recommença l'opération jusqu'à ce qu'il ne ressorte que de l'eau et de la bile.

— C'est le mieux que je puisse faire dans ces conditions.

— Je vais essayer d'avoir un hélico. La fenêtre météo ne va pas durer. Ils prévoient d'autres chutes de neige. Mais c'est la meilleure façon de l'évacuer en urgence. J'espère qu'ils vont pouvoir venir, déclara Jumet en sortant pour avoir du réseau.

Il appela la Marine. Basée à Cherbourg, c'était l'hélico le plus proche. Avec la Sécurité Civile basée à Donville on aurait perdu du temps sans compter le risque météo.

Pendant ce temps, Bricart, souillé par les projections, alla se changer et je restai aux côtés du vieil homme. Il avait repris un peu de couleurs et essayait d'ouvrir les yeux, mais je le sentais si faible que je ne croyais pas qu'il puisse s'en sortir.

Je tentai de le rassurer en lui parlant doucement. Je ne voulais pas qu'il replonge dans un état comateux, avec le risque de le voir s'enfoncer.

— Restez avec moi, monsieur le juge. Regardez-moi. Allons, ouvrez les yeux.

Il cligna des paupières, posa sur moi un regard vide. Puis une étincelle brilla dans son regard, aussitôt éteinte par des larmes. Il murmura :

— C'est pas moi…

— Je vous crois. Vous n'avez tué personne. Qui vous a fait ça ?

— …

Jumet revint en courant.

— Le Dauphin de la Marine se posera sur la plaine dans dix minutes. C'est le seul qui puisse voler par ce temps. Il va tenir ?

— Possible, dis-je.

— Il faut le transporter jusque là-bas. Le lazaret est trop végétalisé pour qu'un hélico puisse s'y poser. J'ai prévenu Ludo. Il arrive avec sa camionnette, faute d'ambulance…

Bricart revenait. Jumet continua sur sa lancée, s'adressant à moi.

— Va chercher tous les prélèvements. On les donnera au médecin du SAMU. Je vais prévenir Bedel pour qu'il aille les récupérer. Avec un peu de chance, il pourra faire quelques analyses. Je ne crois pas que Ménard puisse venir de Caen. Il paraît que la N13 est bloquée à partir de Carentan.

Je revins alors que le combi Peugeot arrivait tant bien que mal sur le chemin transformé en patinoire.

— Désolé, dit Ludo. Je n'ai ni chaînes ni pneus neige. Ça glisse. Heureusement, c'est de la bonne bagnole. On fait comment ?

Impossible de faire tenir le juge assis.

En deux temps trois mouvements, les hommes débarrassèrent l'arrière des outils et du matériel qui s'y trouvaient, balançant le tout sur la pelouse transformée en champ de neige.

Surpassant le sifflement du vent qui avait tendance à forcir à nouveau, le bruit de l'hélico se fit entendre au loin.

— On se magne ! Si ça redevient du blizzard, l'hélico ne pourra pas redécoller ! Allez ! Vite ! Vite ! Laura, couvre-le au maximum ! Manquerait plus qu'il chope la crève ! Ludo, vous êtes le plus fort, prenez la tête du matelas. Bricart et moi, chacun d'un côté. À trois. Un, deux, trois !

Les hommes soulevèrent le matelas et son occupant tandis que je maintenais les couvertures sur le juge à nouveau inconscient. Ils déposèrent le tout à l'arrière du combi. Je montai avec le patient oubliant un instant ma côte qui me rappela à l'ordre avec vigueur. Je serrai les lèvres pour ne pas lâcher un cri.

Bricart s'installa à côté de moi tandis que Jumet claquait les portes. Il monta à côté de Ludo. Sur le court trajet, la camionnette fit quelques glissades, mais

Ludo maîtrisait. Le vacarme engendré par l'hélico était maintenant si proche qu'il couvrait le bruit du moteur. Je devais avoir une réponse à ma question. Si le juge mourait ou simplement partait sans avoir parlé, l'enquête risquait de traîner ou même de ne jamais aboutir.

— Monsieur le juge ! Réveillez-vous ! Parlez-moi.

— Je...

Sa voix n'était qu'un souffle perdu dans la cacophonie des turbines de l'hélico qui se posait.

— Cu... Pri...

— Avez-vous eu une aventure avec Adèle ?

— ...

Sa voix était inaudible, mais il cligna des yeux et me serra la main.

— Dans les années 1980 ?

Nouveau clignement de paupières.

— Et aujourd'hui ?

Il ferma les yeux, semblant replonger dans le coma.

Les portes de la camionnette s'ouvrirent. Le Dauphin était là, ses pales en action soulevant la neige accumulée sur la plaine.

Deux hommes sautèrent de l'hélico et se précipitèrent. Jumet et Bricart les aidèrent. Cette fois, je couvris carrément la tête du juge pour le protéger des projections de neige piquantes comme des aiguilles de glace.

Dix secondes plus tard, il était embarqué, les prélèvements confiés au médecin avec ordre de les remettre à Bedel. Je vis le praticien placer un masque sur le visage du patient, la porte claqua alors que la machine décollait dans un tourbillon blanc et glacial.

Je restai plantée sur la plaine, gelée mais le cerveau en ébullition.

— Il a dit quelque chose ? demanda Jumet.

— Rien de compréhensible, répondit Bricart. Bon, il ne reste qu'à attendre de ses nouvelles. J'ai la dalle ! On va manger ? Après on ira secouer les colons. Il faut qu'ils parlent.

*

Je fus songeuse pendant le temps du repas et donc peu loquace. Au bout d'un moment, Jumet me fixa intensément :

— Je te connais bien Laura. Aurais-tu le début d'une solution ?

— À peine, dis-je.

— On t'écoute.

— Adèle avait une petite trentaine d'années quand les deux jeunes ont été tués. C'était une belle fille comme le montrent les photos. Elle a eu une aventure avec le juge.

— Comment le sais-tu ?

— Je lui ai posé la question.

— Bricart affirme qu'il n'a rien dit d'intelligible !

— C'est vrai. Mais quand je lui ai demandé, il a cligné des yeux et m'a serré la main. Pour moi, c'était une réponse positive. Quand je lui ai demandé s'il avait couché avec elle aujourd'hui, enfin plutôt hier vu l'heure, j'ai eu le même type de réponse. Je parie que le sperme qu'on retrouvera dans les prélèvements est celui du juge.

— Il a 85 ans !

— Charlie Chaplin est devenu papa à 90 ans ! Ce sperme sera pauvre en spermatozoïdes, mais rien n'empêche un homme de 85 ans d'avoir un rapport sexuel s'il est motivé.

— Admettons. Mais quand cela se serait-il passé ?

— J'imagine pendant notre temps de pause avant le repas d'hier soir.

— Ou alors, intervint Bricart, après le repas avant de la tuer et après t'avoir tabassée ! Et puis, comment aurait-elle fait pour sortir sans être vue ?

— Peut-être qu'elle n'est pas sortie. Les allées et venues du juge n'étaient pas surveillées. Il a pu la rejoindre dans n'importe laquelle des chambres vides. Il y en a au moins six. Sous prétexte de préparer l'apéro, il avait accès au bâtiment principal sans que cela n'éveille le moindre soupçon. Ce n'est pas lui le coupable, j'en suis certaine. J'avais envoyé un SMS à mon mari qui a gardé des relations dans l'armée. La réponse est arrivée juste après le départ du juge. Il n'a jamais servi dans les commandos. Il a fait son service dans les bureaux comme assistant juridique. Il n'a donc jamais appris à tuer de façon aussi rapide et radicale. Et cela ne s'invente pas. Cette façon de faire ne s'improvise pas. Il y en a donc, parmi les colons, un qui a fait les commandos. J'ai donné la liste à Serge. Pour l'instant, je n'ai pas de réponse.

— Très bien dit Jumet. Je résume : tu considères le juge comme une victime. Pourquoi ? Parce qu'il aurait couché avec Adèle ?

— Pas impossible. Mais je crois que c'est plus tordu que ça.

— J'adore les coups tordus ! soupira mon chef. Vas-y. Moi je n'y comprends rien.

— Je crois que c'est Adèle qui a tué les deux colons en 1986.

— Quoi ! s'étouffa Bricart. Une femme tueuse, ce n'est pas commun. Du moins pas de façon aussi brutale.

— Les fibres bleues et grasses trouvées sur les squelettes ou autour démontrent son implication. Si je me fie aux photos que nous avons vues, son attitude envers Florent Leroy est parlante. Rappelez-vous des diapositives.

— Je n'y ai pas porté une grande attention, avoua Jumet. Je regardais plus les « invités ».

— Alors, allons les récupérer et visionnons-les à nouveau. Maintenant que vous êtes avertis, je pense que vous irez dans mon sens.

— Tu ne veux pas simplement nous dire…

— Ce sera plus parlant avec les photos, sinon tu vas encore dire que j'ai l'imagination trop fertile !

— Bon, d'accord. Tu veux bien y aller, Joël ?

— Elles sont où ?

— Elles ont dû rester au restaurant, à moins que le juge ne les ait récupérées. Dans ce cas, dans sa chambre sans doute.

Bricart revint un quart d'heure plus tard, l'appareil de projection sous le bras.

— Ça râle au resto ! Quand ils ont entendu l'hélico, ils ont espéré que c'était pour les évacuer. Colas et Lucet ont dû se montrer persuasifs pour qu'ils ne quittent pas le bâtiment. J'ai dit qu'il fallait évacuer le juge suite à une crise cardiaque. Ce qui n'est pas tout à fait faux ! Tous ont eu l'air consternés. Le tueur, s'il est au milieu d'eux, ne s'est pas trahi par son expression.

— Il a beaucoup de sang-froid, dis-je. Regardons ces diapos.

Bricart, plus doué dans la manipulation de tous types d'appareils, s'occupa de la projection sur le mur du fond du bureau.

Les diapositives défilèrent. On arriva à celles représentant les groupes.

— Là, regardez !

— Quoi ?

— Tu ne vois rien ?

Je passai à la photo suivante.

— Et là ?

— Nom de Dieu ! Ça crève les yeux. Comment j'ai pu passer à côté de ça ?

****

CHAPITRE 26

Je revins en arrière. Sur le cliché, Adèle était à côté de Florent Leroy. Elle le dévorait littéralement des yeux. Des yeux de femme amoureuse.

— Tu crois qu'elle avait des vues sur le gamin ? demanda Bricart.

— J'en suis certaine. Ce regard ne trompe pas. Elle était folle de lui.

Jumet s'offusqua :

— Elle avait 27 ans et lui 16 ! Pour la loi, c'est du détournement de mineur, et si elle a couché avec lui, on pourrait parler de pédophilie.

Bricart temporisa la colère montante du chef :

— Ce n'est pas la première ! On connaît d'autres cas. Souviens-toi du film *Mourir d'aimer*[1]. Une prof tombe amoureuse de son élève de 17 ans, elle est condamnée, fait de la prison et finit par se suicider.

— Le regard de la société change doucement sur ce genre de cas. Tout dépend de l'âge de la victime.

---

1. *Mourir d'aimer*, film d'André Cayatte avec Annie Girardot et Bruno Pradal de 1971.

À l'époque, il est vrai que c'était choquant. Aujourd'hui, le Code pénal réprime le fait pour un majeur d'exercer sans violence une atteinte sexuelle sur des mineurs de moins de 15 ans. Après cet âge, la relation peut exister si elle est consentie par le ou la mineure. On parle de majorité sexuelle, expliquai-je. Revenons-en à Adèle. Ici, on voit bien qu'elle couve Florent des yeux.

— Mais tu viens de dire qu'elle couchait avec le juge.

— C'est vrai. Mais l'un n'empêche pas l'autre. Elle peut très bien coucher avec l'un pour répondre à des besoins, disons primitifs, et être amoureuse d'un autre. Ce sont les mêmes pulsions que l'on retrouve chez ceux que nous poursuivons tous les jours. Et c'est peut-être là que se joue le drame. Revenons-en à la deuxième photo qui nous intéresse. Sur celle-ci, les places dans le groupe ont changé : Florent tient Jacqueline Binet par les épaules. Il est penché vers elle, je dirais amoureusement. Leur attitude montre qu'ils sont très proches. Regardez maintenant Adèle. Elle est derrière eux. Voyez son regard. Elle fusille littéralement des yeux la nuque de Jacqueline Binet. On peut lire la haine sur son visage.

— Tu crois qu'elle aurait tué Jacqueline pour avoir Florent ?

— Je crois, oui. Mais elle ne pouvait pas faire cela toute seule. D'ailleurs, je ne pense pas que son idée première était de la tuer, mais plutôt de la séquestrer, d'où la présence de l'anneau au fond du trou. Sinon pourquoi s'échiner à sceller un anneau pour y attacher sa victime si l'intention première était de la tuer ? Autant le faire tout de suite !

— Tu la vois sceller l'anneau ?

— Non et c'est là que tout se complique. Elle a eu un complice.

— Qui ?

— Bonne question. Quelqu'un qui était amoureux ou du moins avait envie de Jacqueline et se la serait bien faite dans un coin isolé.

— Comment ont-ils fait ?

Je haussai les épaules.

— Les deux complices s'arrangent pour attirer Jacqueline, ils la mettent au fond du trou. Adèle a le champ libre et l'autre fait ce qu'il veut de la gamine. Pour une raison ou une autre ça se passe mal, il la tue. Paniqués, ils rebouchent le trou.

— Et Florent ?

— Je ne sais pas trop. Soit il part à la recherche de Jacqueline. Il tombe sur les deux complices. Il y a une explication, peut-être une bagarre, il prend un coup de couteau, il meurt. Ils l'enterrent et organisent une mise en scène pour faire croire à la fugue.

— Tout ça est plausible, mais on n'a aucune preuve.

— À part les fibres bleues. On est certain qu'Adèle est mêlée aux crimes. Je vais rappeler Serge pour savoir s'il a eu d'autres renseignements en provenance de l'armée.

— Dans ce cas, pourquoi Palois ? demanda Bricart.

Avant que je n'eus le temps de répondre, il enchaîna :

— Certes, la langue coupée est un message. Il avait peut-être menacé de parler, ce qui signifie qu'il était au courant. Mais s'il y a message, cela veut dire qu'au moins un autre sait et risque de parler.

Je continuai le raisonnement à haute voix :

— Il était animateur, donc, quelque part, il devait surveiller les jeunes. On peut supposer que tout s'est passé de nuit. À un moment ou un autre, il réalise qu'il manque un ado, il part à sa recherche.

— Pourquoi pas à la recherche d'Adèle ? demanda Jumet.

— Parce qu'elle faisait partie du personnel et qu'il n'avait pas à s'en soucier. Donc, il se rend compte de l'absence d'un colon, part dans la nuit et trouve le couple infernal. On peut supposer qu'ils ont du sang sur eux, de la terre aussi, il comprend. Pour une raison que j'ignore, les tueurs obtiennent qu'il garde le silence. Rappelez-vous de sa phrase à Dumont : « Je n'ai tué personne moi ! » Ce qui sous entend que Gaby est impliqué. De plus, ils restent en relation dans la vie. Je commencerais par Dumont.

— Appelle Serge, mets le nom de Dumont en avant. Il est midi. On va aller manger avec eux comme si de rien n'était. Toi, tu fais preuve de ton sens aigu de l'observation. Celui qui a empoisonné le juge cherchera peut-être à savoir s'il est mort. Après, on les cuisine.

Bricart intervint à nouveau :

— Pourquoi le juge ?

— Il peut y avoir plusieurs raisons. Le tueur est parti dans une spirale meurtrière qu'il ne peut maîtriser. Il panique à l'idée d'être découvert et fera tout pour ne pas aller en prison. On a deux morts et demi, si j'ose dire, en vingt-quatre heures. Pour le juge, ça peut être une vengeance concernant le passé : c'est le juge qui l'a condamné et enfermé à Tatihou. Ou alors, et ce serait plus ennuyeux, le juge savait quelque chose et s'est tu. Dans ce cas, vu la tournure des événements, il a peut-être menacé de parler et donc…

— De toute façon, plus personne ne quitte le restaurant. On mettra des matelas par terre s'il le faut et on les accompagnera aux toilettes. Pas question qu'un nouveau meurtre ait lieu dans notre dos, décréta Jumet.

Avant de sortir, j'appelai Serge.

— Je n'ai pas de bonnes nouvelles, dit-il. En réalité pas de nouvelles qui puissent t'intéresser. Aucun de ceux qui sont sur ta liste n'est passé par une unité d'élite de l'armée. Mais j'ai pensé à un truc : pourquoi pas la Légion étrangère. C'est bien le genre d'unité où l'on apprend à tuer de façon radicale.

— C'est vrai. Il y a des dossiers chez eux ?

— Sûrement, mais je suis certain qu'on ne pourra pas y avoir accès. C'est un peu le principe de la Légion. Les gars sont recrutés pour leurs aptitudes physiques et leur mental. Mais en dehors d'un passeport, on ne leur demande rien à l'inscription. Après, ils peuvent être engagés sous une identité dite « déclarée », autrement dit une autre que celle inscrite sur leur passeport. Tu ne sauras jamais qui se cache sous cette identité déclarée.

— Dommage. On va se débrouiller autrement. On se rappelle tout à l'heure ?

— Ça marche.

Après un échange un peu plus intime, nous raccrochâmes. Je rejoignis mes collègues et leur annonçai la mauvaise nouvelle.

— Tant pis !

Nous abandonnâmes le PC. Tout le monde était réuni et nous en avions déjà assez demandé à Ludo et Lemarchand. De plus, l'enregistrement continuait automatiquement. En cas de besoin, nous pourrions revoir les bandes.

Dehors, le vent avait repris des forces. Des flocons voletaient encore, mais ils étaient beaucoup moins épais. Le ciel laissait même apparaître ici ou là un petit coin de bleu laiteux entre deux masses de nuages.

Quand nous entrâmes au restaurant, les conversations cessèrent brutalement.

Serin se leva de sa chaise et s'avança vers nous d'un air belliqueux. Lucet s'interposa aussitôt.

— Alors ! Vous comptez nous retenir ici encore longtemps ?

Il y eut un murmure approbateur parmi les colons.

— Au moins jusqu'à demain, répondit Jumet sans se démonter.

— Pourquoi ?

— Considérez que vous êtes tous officiellement en garde à vue à partir de maintenant. Il est douze heures et vingt et une minutes.

— Bordel ! Qu'est-ce que vous nous reprochez ? Et où est Adèle ?

— Adèle est morte. Assassinée la nuit dernière. Madame Claes a été agressée violemment. Sans l'intervention du juge, elle serait peut-être morte d'hypothermie dans la neige. Quant au juge, il a eu un problème cardiaque c'est vrai, mais parce que l'un d'entre vous lui a fait avaler une boîte de médicaments pour faire croire à un suicide. Je ne vous rappelle pas la mort de Palois et de sa langue tranchée ? Cela vous suffit comme raisons ? Ah, j'oubliais les deux squelettes retrouvés la semaine dernière, ceux de deux de vos compagnons en 1986, quand vous étiez tous présents et seuls sur l'île.

J'enchaînai :

— Nous avons pu établir l'implication d'Adèle dans les deux meurtres de 1986. Des éléments matériels le prouvent.

— Adèle ne peut pas être une meurtrière, gémit Annie Perriers, les yeux embués de larmes. C'était comme une grande sœur pour moi. Et j'ai dormi avec elle !

— Vous n'aviez rien à craindre si vous n'étiez pas au courant de ses agissements en 1986. Mais il semblerait que vous étiez proche de Pascal Palois. Ne vous a-t-il pas fait de confidences ?

— Non. Je ne sais rien. Qu'est-ce que vous allez imaginer ?

— Mais vous flirtiez avec lui en 1986 ? C'est en tout cas ce qu'a insinué Gaby Dumont hier soir.

— On s'aimait bien, c'est tout.

— Tu en crevais d'envie, lança Dumont.

Elle hésita.

— Continuez, dis-je.

— Moi j'aurais bien voulu. Mais il disait que j'étais trop jeune. Maintenant, je sais qu'il avait raison, mais sur le coup, j'étais vexée. Je le soupçonnais de voir Adèle.

Mes collègues et moi échangeâmes un regard. Adèle semblait avoir été une vraie nymphomane. Elle mangeait à tous les râteliers ! Le juge, Palois et sans aucun doute une forte inclination pour Florent Leroy. Qui d'autre avait-elle mis dans son lit ? Cela pouvait expliquer que Palois sache pour les meurtres comme je l'avais imaginé et qu'on lui ait coupé la langue.

— Monsieur Palois s'est adressé à vous monsieur Dumont en lançant une phrase qui nous interpelle. Je cite : « Et je n'ai tué personne moi ! » Pouvez-vous nous éclairer à propos de cette phrase ?

— N'importe quoi ! répondit-il un peu plus pâle tout à coup. Il délirait. Ce n'était qu'un handicapé, frustré de la vie.

— En principe, on respecte les morts, lança Bricart pas content. À moins que ce ne soit vous qui l'ayez tué, entre autre.

— Putain ! Je suis un voleur, c'est vrai. J'ai fait de la prison, c'est vrai aussi, mais je n'ai tué personne.

— Alors pourquoi a-t-il dit ça ?

— Qu'est-ce que vous en savez ?

Bricart désigna les caméras.

— C'est de la violation de la vie privée !

— Pas dans le cadre d'une enquête pour meurtres, le coupa Jumet. Répondez à la question ou je serai enclin à croire que c'est vous le coupable de cette hécatombe.

Dumont poussa un soupir à fendre une pierre.

— Je n'ai tué personne. Enfin pas volontairement. Un jour, j'ai cambriolé une vieille. Au moins 90 ans. Quand elle m'a vu avec ma cagoule, elle est tombée raide morte. De peur, j'imagine. J'ai filé sans demander mon reste et sans rien prendre. Je ne voulais pas qu'on me mette ça sur le dos. Un homicide involontaire avec mort sans intention de la donner m'aurait quand même valu quelques années de prison. Et ça, pas question ! J'avais gardé contact avec Pascal. Je lui ai raconté, je crois que j'avais eu aussi peur que la vieille ! J'ai eu tort, voilà où ça me mène.

Annie et Lili le regardaient bouche bée, horrifiées. Serin se marrait, les autres naviguaient entre étonnement et stupeur.

Serin se leva, alla se servir un verre d'eau au buffet.

— J'espère que vous n'allez pas nous faire un remake des *Dix petits nègres*[1] parce que, parti comme ça l'est, on est pas sortis de l'auberge.

****

---

1. Depuis 2020, à la demande de l'arrière-petit-fils de la romancière britannique Agatha Christie et de son éditeur, ce célèbre roman s'intitule désormais, en français, *Ils étaient dix*.

CHAPITRE 27

— Et vous monsieur Serin, lança Jumet perfide, n'avez-vous rien à voir dans cette histoire ?

— Qu'est-ce que vous insinuez ? aboya Serin, le regard étincelant de colère.

— Quand vous êtes arrivé à Tatihou, c'était déjà pour une blessure par arme blanche. Vous étiez mineur, vous avez échappé à la prison. Mais la suite de votre parcours nous démontre que le couteau est resté votre meilleur ami, si j'ose dire. C'est en tout cas lui qui vous a fait faire douze ans de prison pour meurtre lors d'une bagarre.

Les épaules de René Serin s'affaissèrent et son teint vira au vert. La pauvre Annie, qui de toute évidence ignorait cet épisode, porta la main à la bouche pour étouffer un cri de surprise. Les autres se regardèrent sous le choc. Seule Lili ne broncha pas et pour cause. Vivant avec Serin, elle devait connaître tous les détails de sa vie.

Jumet continuait imperturbable :

— Qu'est-ce qui me prouve que ce n'est pas vous qui avez planté Florent Leroy ?

— Rien. Vous avez des preuves de ce que vous avancez ?

— Je n'avance rien. J'émets une hypothèse plausible en fonction de votre caractère violent et de votre mode opératoire.

— Plausible comme vous dites, mais vous n'avez aucune preuve. Vous m'accusez sur un *a priori*. C'est un délit de sale gueule !

— Ce n'est pas lui, intervint Lili.

— Ah bon. Et pourquoi ? questionna Bricart.

— Il était avec moi. D'ailleurs…

— Tais-toi, grommela Serin.

— Il y a prescription René. Et si cela peut t'innocenter, cela vaut la peine de parler.

Elle continua sans lui laisser le temps d'émettre une objection :

— C'est nous qui avions pris la barque. En début de nuit, la mer était haute. On voulait faire la fête au bourg. On est allés dans un bar à Réville. Un boui-boui qui n'existe plus. On a bu plus que de raison. Je crois qu'on peut dire qu'on était bourrés. Quand on a voulu récupérer le bateau, la marée s'était inversée et le bateau était échoué. Au sec, sur le sable. On l'a laissé là où il était. Il fallait qu'on soit rentrés pour le lever des colons. Même si le centre était officiellement fermé, on était sous l'autorité du juge et des éducateurs, on aurait écopé d'une lourde punition. Comme la mer était basse, on est rentrés à pied. Ce n'était pas loin.

— En bref, vous êtes son seul alibi, dis-je. J'imagine que trente ans après nous ne trouverons plus de témoin pour confirmer vos dires.

— Pour la barque non, c'est sûr. Personne n'était au courant. Par contre, dans ce bar, il y avait de jeunes pêcheurs, la vingtaine à l'époque. Peut-être se souviendront-ils de nous.

— Vous avez des noms ?

— Il y avait un certain Jojo et puis comment s'appelait-il déjà ? Un gars de Barfleur… Il avait un nom, enfin un surnom bizarre pour un homme… Ah oui ! Titi la Moule.

— Poétique ! rigola Jumet.

— Il était pêcheur de moules. Les moules de Barfleur vous savez…

— On sait, dis-je. Ce sont les meilleures ! Pourquoi n'avez-vous rien dit quand la disparition de Florent et de Jacqueline a été découverte ?

— Hervé, dit-elle en désignant l'éducateur toujours aussi discret, avait constaté l'absence de la barque tôt le matin. Dans la foulée, lui et Pascal Palois se sont rendu compte que Florent et Jacqueline n'étaient plus là. Ils en ont tiré la conclusion qui s'imposait. Ils étaient partis avec la barque. Pour tout le monde, cela semblait logique. Et nous, ça nous arrangeait bien. Même pas besoin de trouver un mensonge à servir aux pions. Si tout le monde avait été présent, ils nous auraient interrogés sur la disparition de la barque. Tandis que là, tout s'emboîtait parfaitement pour nous. C'était comme si nous n'avions jamais quitté l'île !

— Bande de petits morveux, cracha Hervé Lequertier. Toujours prêts à nous jouer de sales tours !

— Oh ça va, riposta René Serin. Vous n'étiez pas non plus blanc-bleu ! Vous aviez la main leste et la ceinture facile du temps du centre de rééducation.

Aujourd'hui, vous iriez en prison pour maltraitance. Alors, fermez-la ! C'est vrai, on n'a rien dit, ajouta-t-il en s'adressant à Bricart, mais si j'avais avoué avoir emprunté la barque, je me serais pris une rouste, même si nous étions soi-disant en vacances !

— Tu l'aurais méritée ! Et une bonne encore, relança Lequertier qui enfin se montrait sous son vrai jour.

— Pourquoi veniez-vous à ces camps si c'était aussi sévère ? demandai-je intriguée. Personne ne vous y obligeait.

— C'est ce que vous croyez ! Le juge disait vouloir savoir comment nous évoluions. Lequertier et Palois faisaient un rapport sur notre comportement. S'il n'était pas bon, on repartait en maison de redressement. Il y en avait d'autres en France, prêtes à nous accueillir !

Jumet prit Colas en aparté. Il lui demanda de se renseigner sur Jojo, sans grand espoir, le nom minimaliste étant commun, et sur Titi la Moule. Là, c'était plus original. Peut-être vivait-il encore. Si c'était le cas, il faudrait l'interroger pour qu'il puisse, si sa mémoire lui permettait, confirmer ou infirmer les dires des amants terribles.

Colas sortit pour se rendre au PC. Il restait à espérer qu'un enquêteur trouve le fameux Titi à Barfleur et puisse se rendre sur les lieux malgré la neige.

— Calmez-vous, monsieur Lequertier, dis-je. Votre caractère impulsif et, d'après ce que j'entends, colérique ne plaide pas en votre faveur dans les disparitions des deux résidents.

— Je n'ai rien à voir là-dedans. Si Palois était là, il vous le confirmerait. On a joué aux cartes tard cette nuit-là.

— Vous avez bonne mémoire !

— Vous êtes psy, non ? Alors, vous devez savoir que lorsqu'un événement exceptionnel se produit, on se souvient de ce qu'on faisait à ce moment-là.

Un point pour lui. On se souvient tous de l'endroit où l'on était le 11 septembre 2001 ou le 13 novembre 2015, lors de différents attentats. La disparition des deux jeunes était suffisamment traumatisante pour que les personnes présentes gardent un souvenir précis de cette journée.

— Vous avez raison, concédai-je. Donc, vous avez joué aux cartes. Jusqu'à quelle heure ?

— Plus ou moins deux heures. On a arrêté parce qu'Adèle est venue le chercher.

— Pourquoi ?

— À l'époque, j'ai cru que c'était pour tirer un coup !

Encore !

— Vous savez, Adèle, il y a que le train qui lui est pas passé dessus ! Méfiez-vous de l'eau qui dort ! Elle pensait qu'à ça. Une vraie nympho. Mais maintenant avec ce que vous dites, c'était peut-être pas ça ! Moi, je croyais que c'était ça ! Donc, je les ai laissés et je suis allé me coucher.

— Vous n'avez rien remarqué de particulier dans la tenue d'Adèle ?

Il hésita…

— Oui et non.

— Expliquez-vous.

— Ben… d'habitude quand elle venait chercher Palois, elle était comment dire… apprêtée, coquette. De quoi donner envie de… Enfin vous comprenez.

— Trop bien. Continuez.

— Là, elle portait sa blouse de travail. Comme si elle n'avait pas eu le temps de se changer, mais bon, j'ai pas cherché plus loin.

— Sale la blouse ?

— J'sais pas. C'est pas après moi qu'elle en avait. J'ai pas vraiment fait attention.

Tout en interrogeant Lequertier, je surveillai les réactions des autres. Celle de Massimo Lupio, l'orphelin que nous avions classé en vert, m'interpella. Il avait l'air de vouloir disparaître dans sa chaise. Les yeux baissés, le regard fuyant, il semblait très mal à l'aise. À mieux y regarder, Lequertier l'avait dans son axe de vue et lui lançait régulièrement des regards mauvais.

Bricart avait remarqué son manège. Il demanda :

— Et après deux heures, qu'avez-vous fait ?

— J'ai été me coucher.

— Seul ?

— Ben… oui. Il y avait pas trop de femmes sur Tatihou !

Il éclata d'un rire gras.

Louis Le Brun, l'épicier, se pencha à l'oreille de Massimo et lui murmura quelque chose que nous ne pûmes entendre.

— Pas de messes basses, monsieur Le Brun. Faites profiter tout le monde de votre conversation ! ordonna Bricart.

Il eut l'air ennuyé, regarda Massimo toujours prostré puis lâcha sa bombe :

— Ça m'embête de lui donner un alibi à ce salaud, mais il faut que justice soit faite dans un autre domaine.

Je voyais venir la suite. Massimo n'avait pas à subir ça en public.

— Voulez-vous que nous nous isolions du reste du groupe ? lui proposai-je.

— D'accord, lâcha-t-il dans un soupir.

La salle était assez grande pour qu'en nous mettant à l'autre bout, les autres ne puissent entendre ce qui allait se dire. Je supposai qu'ils étaient au courant. Dans le microcosme de la colonie de vacances, des choses de ce genre ne devaient pas rester secrètes longtemps. Mais il était inutile que Massimo doive exposer sa souffrance devant tous.

D'un regard, je fis comprendre à mes collègues qu'il me fallait un peu d'intimité pour recevoir les confidences que j'attendais.

Les deux amis, Lequertier et moi nous isolâmes alors que Bricart et Jumet restaient de garde auprès des autres.

— Avez-vous quelque chose à me confier ? demandai-je à Massimo.

— Hervé Lequertier me rejoignait régulièrement dans mon lit.

Celui-ci se releva brutalement, renversant sa chaise. Jumet se rapprocha de notre groupe.

— Un problème Laura ?

— Pas encore, dis-je.

Puis me tournant vers Massimo :

— Vous étiez consentant ?

— Comment aurais-je pu l'être ? J'avais dix ans quand je suis arrivé à Tatihou. Je ne comprenais pas ce qu'il m'arrivait. Mais Hervé était dur avec nous. Il me faisait peur, même avant d'être venu me retrouver pour la première fois dans mon lit. Au début, il me touchait, puis il a fallu que je le touche et il a exigé des fellations. Enfin, il m'a pénétré. J'ai saigné pendant plusieurs jours. Je n'ai jamais eu aussi mal de ma vie. Avec le temps, je me suis habitué. Je le faisais même un peu chanter. En échange de mon silence, j'avais des faveurs : plus à manger, des bonbons ou des gâteaux quand il revenait après des jours de congé.

— C'est faux ! grogna Lequertier menaçant.

Jumet le fit rasseoir d'une pression ferme sur les épaules.

— Tais-toi !

— C'est vrai, gémit Massimo, d'ailleurs Louis peut en témoigner. Son lit était à côté du mien. Il voyait bien ce qu'il se passait, mais il était comme moi. Jamais on n'aurait osé se plaindre.

Louis prit la parole :

— C'était lâche de ma part, mais je n'étais qu'un gosse ! J'avais bien trop peur qu'en le dénonçant, je devienne sa prochaine cible.

Massimo reprit de plus belle :

— Lors des colos, il a recommencé. On dormait dans les anciens dortoirs et dès le premier soir, il revenait et recommençait son manège.

— Vous n'avez pas dit non ? Vous étiez plus grand.

— Je ne pouvais pas dire non. J'étais sous son emprise et moi aussi, j'avais peur de me retrouver dans une maison de correction ! J'avais été placé dans une famille d'accueil et je m'y trouvais bien. Je n'avais aucune envie que ça change. Pendant les colos, je payais le prix de ma tranquillité pour le reste de l'année.

Jumet intervint :

— Vous allez porter plainte et on va s'occuper de son cas. Vous ne vous en sortirez pas comme ça, dit-il à Lequertier.

— Il y a prescription, se défendit Lequertier.

— Vous avez raison. On peut porter plainte pour viol jusqu'à vingt ans après les faits. Mais sa plainte sera reçue et archivée. Nous, on va creuser votre vie. Il serait étonnant que vous vous soyez contenté du petit Massimo. On va trouver d'autres victimes et sa plainte sera alors mise en avant et vous, vous irez goûter les joies de la sodomie en taule. Vous verrez, les autres prisonniers prendront grand soin de vous. Mais revenons-en à l'affaire qui nous intéresse aujourd'hui.

Lequertier serra les poings et je crus qu'il allait frapper mon collègue. Un regard de Jumet et un cliquetis de menottes l'en empêchèrent.

— Je n'hésiterai pas à vous menotter si vous devenez violent. Au contraire, allez-y. Vous me feriez plaisir.

L'homme se rassit, blanc comme un linge.

Je repris la parole :

— Vous dites qu'Hervé Lequertier était avec vous la nuit où Florent et Jacqueline ont disparu. Comment pouvez-vous en être sûr, s'il venait régulièrement ?

— Justement parce qu'ils avaient disparu au petit matin. Palois et lui se sont engueulés. Palois croyait que Lequertier assurait la surveillance pendant que lui était avec Adèle. Je les ai entendus se disputer. Je m'en souviens parfaitement. Ils gueulaient.

L'alibi du surveillant était immonde mais solide. Il ne pouvait pas avoir tué les ados. Massimo et Louis Le Brun semblaient aussi hors de cause. Il ne nous restait que deux suspects potentiels.

Le téléphone de Bricart sonna. Il écouta attentivement. Je lus la surprise dans son regard. Il nous fit signe d'approcher :

— C'était Bedel. Il a une sacrée surprise. Vous n'allez pas en croire vos oreilles.

****

CHAPITRE 28

Jumet demanda à Bricart d'attendre pour parler. Colas revenait du PC. Nous le rejoignîmes dans un coin isolé de la salle.

— J'ai transmis vos demandes. Un collègue connaît bien le maire de Barfleur. Il lui a téléphoné directement chez lui. Je vous rappelle qu'on est dimanche ! Le surnom de Jojo n'a rien donné, mais Titi la Moule oui. Pierre Burnouf de son vrai nom est aujourd'hui à la retraite, mais habite toujours le bourg. Le maire a tout simplement consulté l'annuaire et nous a transmis son numéro de téléphone en stipulant que la route pour arriver à Barfleur était encore bloquée par la neige. J'ai donc appelé directement M. Burnouf. Il se souvient de la fameuse soirée, justement en raison de la disparition des jeunes. Quand la presse en avait fait état, il avait cru que c'était ceux qui étaient au bar et avec qui il avait chahuté une partie de la nuit. Il avait des vues sur Lili, mais Serin, bien que plus jeune, était très possessif. Il y avait eu un début de bagarre. Le Jojo, Joseph Hérou s'était interposé. Il ne témoignera pas, il a disparu corps et biens en mer lors de la tempête de 1987, soit un an après les faits.

— Donc Serin est hors de cause.

— On dirait bien.

— Qu'est-ce que tu as appris, Joël ?

Mon collègue se fit mystérieux :

— Notre équipe au PC. Je dois vous parler en privé.

Colas haussa les sourcils, mais ne fit pas de commentaires. Jumet le chargea de rejoindre Lucet pour assurer la surveillance. Les colons commençaient à râler. Midi était passé depuis un moment et ils réclamaient à manger. Il faut dire que de bonnes odeurs provenaient de la cuisine, mettant les papilles en éveil. Jumet alla trouver Gaëtan et autorisa le service.

— Tant qu'à faire, apportez-nous trois plateaux au PC, demanda-t-il.

Dehors, la neige avait cessé de tomber. Les trouées de ciel bleu étaient plus nombreuses, mais le vent ne faiblissait pas beaucoup. C'était sans doute grâce à cela que les lourds nuages de neige s'éloignaient de la côte. La mer était haute. En se retirant, elle nettoierait la grève, rendant l'estran praticable.

— C'est la fin de l'épisode neigeux, constata Bricart. Si ça se confirme, on pourra peut-être regagner le continent avant la nuit.

— J'espère bien, maugréa Jumet peu sensible au charme de l'île sous la neige.

Nous pénétrâmes dans le bureau désert. Ludo et Lemarchand devaient être dans leurs pénates. Ils ne tarderaient sans doute pas à se pointer pour le repas.

— Alors ?

— Bedel a reçu tous les prélèvements du médecin du SAMU venu chercher le juge. Il a fait des relevés sur l'oreiller qui a servi à étouffer Palois. Comme il ne pouvait pas transmettre à Ménard, il a eu l'idée de se rendre au service génétique de l'hôpital. Ils sont équipés pour des recherches ADN en vue de thérapies génétiques. Il a trouvé de l'ADN. Il a fait les analyses en urgence. Celle de la langue de Palois pour avoir une référence et celle de l'oreiller. On y trouve forcément l'ADN de Palois mais aussi un autre.

— Donc, le tueur n'a pas mis de gants, dis-je. Pas si malin que ça !

— En effet. Dès qu'il a eu les tracés ADN, il les a transmis par mail à Ménard pour qu'il puisse les entrer dans le FNAEG.

— Il y a un résultat ?

— D'abord non.

Il m'énervait à maintenir le suspense.

— Ce n'est ni Serin ni Dumont. Tous les deux ont fait de la prison et, par conséquent, ont leur profil enregistré. Déçu, Ménard les a comparé au fichier des personnels ayant à intervenir sur des scènes de crimes ou qui, de par leur métier, peuvent être amenés à manipuler des pièces à conviction.

— Un flic ? interrogea Jumet.

— Non, dis-je. Il n'y a pas de flic dans notre affaire. Par contre le juge…

Je me sentais trahie.

— Oui et non.

— Exprime-toi à la fin, ordonna Jumet.

— Un neveu du juge. L'ADN mitochondrial du coupable, donc celui de la mère, a des allèles communs avec l'ADN du juge. Il m'a donné un cours plus complet, mais je serais incapable de répéter les détails !

— On s'en fout des détails, déclara Jumet. Tu as un nom ?

— Eh bien non. Et c'est là tout le problème. On sait que c'est le neveu du juge, mais on ne sait pas qui c'est. Et comme le juge est dans le coaltar…

— Il tient le coup ?

— En réa. Mais c'est pas brillant.

— Résumons, dis-je. Si on se base sur les interrogatoires de ce matin, cinq sur douze ont des alibis pour la disparition et le meurtre de Florent et Jacqueline. Serin et Lili étaient au bar, Massimo se faisait violer par Lequertier sous les yeux de Louis Le Brun. Annie n'a pas les épaules pour commettre un meurtre. Dumont, c'est plus tendancieux, il n'a pas d'alibi concret, mais on sait que la phrase de Palois n'évoquait pas le crime des deux jeunes. On sait aussi qu'Adèle est venue chercher Palois, sans doute pour se donner un alibi pour la nuit du crime. Mais il a compris ou vu quelque chose et a accepté de garder le silence pour une raison inconnue.

— Tout bêtement parce qu'il couchait avec ! estima Bricart. Tu ne doutes pas de ce qu'un homme peut faire pour obtenir ce qu'il veut !

— Oh que si !

— Coucher au départ, pourquoi pas, mais le temps passant, il a pu la faire chanter, proposa Jumet. Vu la tournure des événements ce week-end, il a menacé de parler ou a réclamé plus et couic ! Mais comme on est dimanche, on n'aura pas accès aux comptes en banque pour voir s'il y a des versements en liquide.

C'était une autre solution, invérifiable avant le lendemain, mais très plausible.

— En attendant, continuons, dis-je. On a la preuve qu'elle était sur les scènes de crime et aussi qu'il est impossible qu'elle ait agi seule. C'est physiquement irréalisable : creuser la tombe, enterrer la malheureuse Jacqueline… Il nous reste donc deux colons présents cette nuit-là dont on ne sait rien : Pierre Michaux et Guy Boulet. Pour ce qui est de ce week-end, Palois et Adèle sont morts, le juge a subi une tentative de meurtre maquillée en suicide. Maintenant que l'on a découvert que le meurtrier est son neveu, cela explique qu'il pouvait savoir pour les médicaments. Quant à moi, j'ai pris une raclée parce que j'ai vu deux personnes dehors qui n'avaient rien à y faire. On sait maintenant que l'une était Adèle et l'autre un homme. Certainement l'homme qui a commis les crimes de 1986 avec Adèle, qui vu sa fragilité apparente samedi, s'apprêtait sans doute à tout avouer, mettant en cause l'individu impliqué.

On frappa à la porte. Gaëtan et le cuisinier apportaient les plateaux. Lasagnes, salade. Ça sentait bon, on avait faim. Nous décidâmes de manger en continuant le débriefing.

— La question est de savoir pourquoi le juge nous a caché qu'un des colons est son neveu, dit Bricart la bouche pleine.

— Pour son image sans doute, proposai-je en me levant pour aller chercher les fiches des colons. Voyons, Guy Boulet a été condamné pour vol de mobylettes en 1982. Il avait 14 ans. Il est spécifié ici, qu'il vivait dans un quartier pouilleux de Caen, ce qui justifie son internement pour l'éloigner de ses mauvaises fréquentations.

Je laissai l'idée faire son chemin.

— Vous ne trouvez pas bizarre que le neveu d'un juge habite un quartier pouilleux ?

— On choisit ses amis, pas sa famille, déclara Bricart. La sœur peut avoir mal tourné ou avoir épousé un moins-que-rien et se retrouver dans un mauvais quartier. C'est peut-être justement pour cela que le juge l'a isolé du milieu familial. D'après ce que tu dis, condamné à quatorze ans, il en fait deux. Il a 16 ans à la fermeture du centre et 18 en 1986 au moment des meurtres. C'est très possible que la belle Adèle l'ait mêlé aux crimes. À 18 ans, on a la force pour tuer quelqu'un et peut-être aussi l'envie de se faire Jacqueline. Il peut être le binôme d'Adèle dans cette combine.

— Si j'en crois mes fiches, Pierre Michaux fait aussi bien l'affaire. Condamné à l'âge de 12 ans pour une période de six ans, pour avoir tenté d'étrangler sa sœur. Il sort à la fermeture du camp, mais n'a que 17 ans. Amnistié.

— Déjà des instincts de meurtres ! commenta Jumet. 17 ans en 1984, 19 en 1986, donc tout aussi capable que Guy Boulet. On a des détails sur la famille ?

— Non aucun, à part qu'il a une sœur.

— Je propose de les passer sur le grill, mais sans dévoiler ce que l'on sait.

Bricart se prit à rêver :

— L'idéal serait d'avoir accès à l'état civil. On aurait le pedigree du juge et celui de sa sœur. La filiation serait facile à établir.

Jumet rigola franchement :

— Faire bouger une administration un dimanche, autant croire au père Noël.

Nous finîmes notre repas, j'avalai un nouveau Doliprane en aspirant à me poser un peu. L'heure n'était pas à l'apitoiement sur soi, il fallait découvrir la vérité et confondre le meurtrier.

Le portable de Jumet, posé sur la table, se lança dans une danse de Saint-Guy orchestrée par le vibreur. Il brancha le haut-parleur en voyant le nom de Ménard apparaître à l'écran.

— Salut. Tu as du neuf ?

— Tu te souviens des bouts de Scotch marron trouvés dans le trou du bunker ?

— Ouais et ?

— J'ai trouvé un ADN côté non collant. Très dégradé. Avec lui seul, je n'aurais rien pu faire. Mais avec ce que m'a envoyé Bedel, j'ai fait des comparaisons. Certaines séquences évoquent l'ADN trouvé sur l'oreiller. Avec ça, tu ne peux pas aller au procès, c'est du « bricolage » à ma sauce. Mais si ça peut vous avancer…

— Tu dis donc, de manière non officielle, j'ai bien compris, que l'ADN du meurtrier de Palois est le même que celui du type qui a au moins bâillonné Jacqueline, probablement avant de la tuer.

— On peut dire ça. Autre chose. Il y a des traces de sang dans les échantillons que j'ai prélevés au fond du trou du bunker. Jacqueline a été blessée.

— Merci !

Le téléphone du bureau sonna à cet instant. C'était la capitainerie. La météo s'améliorait. Le *Tatihou 2* pourrait venir nous chercher avant la marée basse, à dix-neuf heures trente, en passant par l'estran. Un coup d'œil à ma montre m'apprit qu'il n'était pas loin de seize heures. Il nous restait trois heures pour démasquer le meurtrier et obtenir des aveux. Dans le cas contraire, tout le monde resterait en garde à vue jusqu'à ce que nous puissions avoir accès aux dossiers de l'administration et des banques. Le challenge était de taille. Ce n'était pas pour me déplaire !

****

CHAPITRE 29

Quand nous revînmes au restaurant, certains faisaient la sieste, affalés sur leur chaise, d'autres comataient devant la télé allumée sur une chaîne diffusant une série policière américaine.

— Ils n'en ont pas assez des flics ! ricana Jumet. Bien, on prend les deux zozos à part et on les interroge un par un. Moi, le mauvais flic, Bricart le bon comme d'hab. Laura, tu interviens si tu en as envie. On commence par qui ?

— Michaux, proposa Bricart. Il est plus fort en gueule et a déjà à son actif une tentative de meurtre. Même si c'était il y a longtemps, cela prouve qu'il est capable d'être violent.

J'allai chercher Pierre Michaux. Jumet avait trouvé un paravent qu'il avait installé de façon à créer plus d'intimité. De cette façon, les autres ne pouvaient plus ni nous entendre ni nous voir.

— C'est un interrogatoire ? demanda le garagiste apparemment un peu inquiet. Pourquoi vous ne me parlez pas devant les autres ? Je n'ai rien à cacher.

— Asseyez-vous monsieur Michaux, lui proposa Bricart. Il faut que nous discutions. Vous n'avez pas encore justifié vos activités pendant la nuit de la disparition de Florent et Jacqueline.

— Comment voulez-vous que je justifie le fait que je dormais !

— Vu le nombre d'allées et venues qu'il y a eu cette nuit-là, vous auriez pu être réveillé.

— Il y a des fois où il vaut mieux dormir. J'ai horreur de me mêler de ce qui ne me regarde pas.

— Donc, tu sais quelque chose et tu as fait l'autruche cette nuit-là, aboya Jumet utilisant le tutoiement.

— Je ne…

— Tu sais que la complicité de meurtre par non-dénonciation se punit aussi de quelques années de prison. Et avec ton passé…

— Mon passé est censé être enterré ! D'ailleurs mon casier est vierge.

— Uniquement parce que tu étais mineur et que tu as demandé à ce qu'il soit effacé en temps utile. Comme tu n'avais pas récidivé, cela a été possible, du moins pour ton B1. Mais pour nous, il y a toujours une trace quelque part. Pourquoi as-tu tenté d'étrangler ta sœur ?

— C'était des conneries de gosse. Elle m'avait énervé, c'est tout.

— Et donc quand quelqu'un t'énerve tu l'étrangles ? Un peu radical non ?

— J'ai fait une colère, je l'ai attrapée par le cou et j'ai serré, mais je ne l'ai pas tuée. Elle criait, j'ai arrêté, mais cette idiote est allée le dire à ma mère. Plutôt à ma belle-mère. Mon père s'était remarié et cette femme n'avait qu'une idée, se débarrasser de moi.

Elle avait trouvé une bonne raison. Elle a réussi, c'est tout. Je l'ai même soupçonnée d'avoir organisé le truc avec ma demi-sœur pour me virer.

— C'est un peu radical comme méthode, non ? interrogea Bricart.

— En tout cas, ça a été efficace. Je me suis retrouvé devant le juge et puis ici. Je n'ai jamais remis les pieds à la maison.

— Qu'avez-vous fait après Tatihou ? demandai-je.

— Le juge m'a trouvé un apprentissage en mécanique automobile. Cela m'a plu. J'ai bossé vingt ans pour le même patron. Quand il a pris sa retraite, j'ai repris le garage.

— Le juge a été généreux avec vous. Trouvait-il des solutions pour tous les anciens délinquants ?

— Je ne sais pas.

— Et votre vraie mère ? Qui était-elle ?

— Qu'est-ce que ça a à voir ?

— Réponds à la question, ordonna Jumet.

— Elle est morte quand j'avais 10 ans. Cancer. Ma vie aurait été différente sans cela. On était pas riches, mais on était heureux. Du moins, moi gamin, je l'étais.

— Comment s'appelait-elle ?

— Sylvie.

— Son nom de jeune fille ?

Il hésita :

— Je ne suis pas certain. Pour moi, c'était maman, pour les autres madame Michaux. C'est quoi ces questions ?

— Vous souvenez-vous du nom de vos grands-parents maternels ? demandai-je.

— Euh… je vois pas où vous voulez en venir… Resbeut. C'est ça ! Je me souviens.

On était loin de Gambier. Donc si Michaux n'était pas le neveu du juge, il ne restait que Guy Boulet.

— C'est bien, dit Bricart. Vous pouvez y aller.

— C'est fini ?

Il semblait étonné.

— Vous avez autre chose à déclarer ?

Il fit mine d'hésiter :

— C'est juste que…

— Parle si tu as quelque chose à dire, ordonna Jumet.

— C'est Rose…

— Rose Saunier ? Celle qui a eu un accident de voiture ?

— Oui. Elle était amoureuse de Florent. Et c'était une colérique. Quand j'ai appris pour les meurtres, j'ai cru que c'était elle.

— Ce n'est plus un camp de vacances, c'est *Les Feux de l'Amour*, soupira Bricart.

Je fis la moue :

— Nous avons des preuves physiques. Et aucune d'elles n'implique Rose Saunier.

— Tant mieux. Parce que je l'aimais bien. Cela m'aurait ennuyé, même si maintenant ça n'a plus beaucoup d'importance.

— Merci monsieur Michaux. Je vous raccompagne.

Je l'escortai jusqu'au groupe et m'apprêtai à demander à Guy Boulet de me suivre. J'eus beau regarder autour de moi, je ne le trouvai pas.

— Où est Guy Boulet ? demandai-je à Colas.

— Aux toilettes.

J'allai dans le sas où se trouvaient les sanitaires. J'ouvris la porte des toilettes hommes. Personne aux urinoirs. Personne dans les W-C !

Je revins chercher mes collègues :

— Il s'est barré !

— On croit rêver ! soupira Jumet.

Nous enfilâmes nos manteaux et sortîmes par le sas, comme il avait dû le faire. Des empreintes fraîches dans la neige prenaient la direction de la tour Vauban.

— Qu'est-ce qu'il croit ? Qu'il peut nous échapper ? questionna Bricart.

— Je ne crois pas, dis-je. Il va tenter de se suicider.

— T'es sûre ?

— Il sait que nous arrivons au bout de nos investigations. tous les autres ont été interrogés et nous n'avons arrêté personne. Il ne reste que lui. S'il était innocent pourquoi aurait-il fui ?

Une fois sur le chemin menant à la caserne et à la tour, mes collègues se mirent à courir. En temps normal, j'aurais suivi, mais avec ma côte fêlée, je ne fis pas dix mètres.

— Je vous rejoins ! criai-je.

— Prends ton temps, lança Jumet en se retournant.

Quelques minutes plus tard, je les vis franchir le pont-levis. Je pestai sur mon incapacité à courir. J'avançai aussi vite que possible. Si Guy Boulet n'était pas encore mort, il y avait peut-être un moyen de le raisonner. J'étais certaine d'être la plus apte à lui parler. Je voulais savoir. Comprendre ce qui s'était passé en 1986. Je voulais pouvoir donner des réponses aux parents de Florent et Jacqueline. Guy Boulet était le seul à pouvoir nous les apporter.

J'allais obliquer vers le pont-levis quand mon regard saisit un mouvement lointain sur ma droite. Instinctivement, je tournai la tête. La mer se retirait, découvrant un banc de sable menant à l'Îlet. Un homme atteignait les murs de la forteresse. Ça ne pouvait être que Guy Boulet. Rien de sûr à cette distance, mais qui d'autre pouvait se trouver ici, aujourd'hui, dans les conditions climatiques que nous vivions.

Je jetai un œil vers la cour de la caserne, mais ne vis pas mes collègues. Ils devaient fouiller les lieux ou même déjà escalader la tour. J'empoignai mon téléphone. Pas de réseau au bout de Tatihou ! Je laissai quand même un SMS, avec l'espoir qu'il parte à un moment ou un autre. Je soupirai. J'allai devoir me lancer dans des acrobaties dont je me serais bien passée. J'escaladai le mur bordant la route et entrepris de descendre vers la grève à travers les rochers. J'avançai lentement. Chaque fois que mes pieds dérapaient, je devais rétablir mon équilibre au prix d'une pointe de feu dans la poitrine. Elle était parfois si forte qu'elle me coupait le souffle. Enfin, j'arrivai sur le banc de sable. L'entrée du fort était encore à une centaine de mètres et le curé n'était plus visible. Une pensée me coupa dans mon élan : le curé ! N'était-ce pas cela qu'avait voulu dire le juge avant d'être embarqué dans l'hélico ? Je me rappelai : « Cu… Pri ». Cu pour curé et pri… prière, prier, je ne savais pas. Je repris ma progression aussi vite que possible alors qu'un vol de goélands décollait de la pointe sud-est de l'Îlet, la plus éloignée et la plus proche de l'infini de la mer. Je pénétrai dans l'enceinte du fort qui se trouvait sur ma droite. De ce côté les oiseaux, habituellement jamais dérangés dans cette réserve ornithologique, étaient calmes. Là où ça criait le plus, c'était à ma gauche, au bout des fortifications. J'envisageai une butte d'herbe, gardant des traces de pas dans la neige. Je suivis la piste et arrivai sur le rempart. Les pierres glissaient et ici le vent se faisait sentir. Une dizaine de mètres plus bas, la mer se retirait laissant apparaître des rochers imposants. Le moindre faux pas et c'était la mort assurée. Je tentai de ne pas penser au vertige. Au bout du rempart, Guy Boulet était face au large, les bras écartés, en croix. Il ne m'avait pas encore vue, absorbé par une ultime prière. Je vis son corps s'incliner imperceptiblement vers l'avant.

— Guy ! Non ! hurlai-je.

Il me regarda, étonné.

Je m'approchais doucement, tant pour ne pas tomber que pour éviter de le voir effectuer le grand plongeon.

— Il faut qu'on parle, Guy.

— Pourquoi ? Vous savez tout.

— C'est faux. J'ai imaginé, ce n'est pas pour cela que c'est la réalité. Vous ne voulez pas faire la lumière sur cette affaire ?

À cet instant, mon pied glissa sur une plaque de verglas. Le temps s'arrêta. Je voyais l'eau à gauche, le talus herbu à droite. Je mis toute ma volonté à contrarier les forces qui m'attiraient vers le vide. Sans trop savoir comment, je me retrouvai à quatre pattes dans la couche de neige.

— Eh ! Faites attention !

— Vous êtes mal placé pour me dire ça !

— Vous êtes venue pour m'éviter le grand plongeon ?

— Est-ce que j'ai l'air d'être venue pour m'amuser ?

Il rigola.

— Pas très à l'aise hein ? Et avec ce que je vous ai mis l'autre jour, ça doit faire mal.

— Oui. Vous ne m'avez pas ratée !

— J'étais en colère.

— Vous pouvez me dire pourquoi ?

Il rigola franchement :

— Vous allez faire votre psy à quatre pattes dans la neige et moi en équilibre au-dessus de l'eau ? Vous êtes tellement pathétique que cela mérite quelques réponses.

Je tentai de me redresser.

— Restez où vous êtes !

Je m'assis sans plus oser bouger, priant pour que mes collègues aient eu le SMS. Je demandai :

— Pourquoi ?

— Une histoire de cul ! Je voulais Jacqueline. J'en étais dingue, mais elle, elle n'en avait que pour Florent. Adèle voulait Florent, cela se résume à ça. On a manigancé un piège : j'aurais Jacqueline et elle aurait Florent. C'est con, mais c'est comme ça. On a passé un mot à Jacqueline, soi-disant de la part de Florent, pour qu'elle vienne au bunker. J'avais tout préparé pour qu'elle ne puisse pas s'échapper. Mais elle a fait un barouf pas possible, pour la faire taire, il a fallu que je la tue…

— Comment ?

— D'abord, je l'ai attachée puis j'ai voulu la bâillonner, mais elle a arraché le collant. On s'est battu, j'ai sorti mon couteau et voilà.

— Pourquoi a-t-on trouvé des preuves impliquant Adèle dans ce meurtre ?

— Elle m'a aidé à l'enterrer. Mais elle ne l'a pas tuée.

— Et pour Florent ?

— Ce con cherchait sa copine partout. Il nous a rencontrés au pied des remparts, quand on rentrait. Adèle était couverte de sang et moi aussi. Il lui a demandé des explications. Il était fou. Je n'ai pas eu d'autre choix. Il aurait tout balancé. On l'a enterré sur place. Adèle était liquéfiée. Elle avait juré de se taire, mais en arrivant au lazaret, elle est allée tout raconter à Palois, son deuxième choix si j'ose dire.

— Pourquoi ne vous a-t-il pas dénoncé ?

— Faut croire qu'il aimait bien Adèle. D'ailleurs, ils se sont vus longtemps après. Moi, je suis parti loin. J'ai fini dans le Sud de la France où je me suis engagé dans la Légion pour oublier. J'ai fait quinze ans en Afrique, au Mali particulièrement. J'y ai vu des choses affreuses. J'en ai eu marre et je suis rentré. Je ne savais rien faire. J'ai choisi le séminaire. Nourri, logé et tenter de faire un peu de bien au lieu de donner la mort. Jusqu'à hier…

— Il vous a fait chanter ?

— Non. Pas jusqu'à hier. Il était prêt à tout balancer. La langue c'était pour faire comprendre à Adèle qu'elle devait se taire. Mais elle était à bout. Elle allait parler. Alors…

— Et pour le juge ? C'est votre oncle ?

— Ah ! Vous savez ça aussi ! Suis-je bête ! Le fameux ADN miracle, je parie.

— Il y a de ça.

— Un oncle oui. Père Fouettard serait plus adapté. Ma mère s'est fait engrosser par un alcoolique. Tout le fric passait dans la boisson. On vivait de si peu que, parfois, j'avais faim. Mais ma mère, cette idiote aimait son bonhomme. Elle ne voulait pas le quitter. On crevait de misère, mais elle disait toujours que cela allait s'arranger… Gambier avait renoncé à s'occuper de nous depuis longtemps quand j'ai été arrêté. Il voulait me remettre dans le droit chemin. C'est comme ça que j'ai atterri à Tatihou. La suite vous connaissez.

— Pourquoi l'avoir « suicidé » ?

— Peut-être parce qu'il n'avait pas pu sauver ma mère. Il vivait avec son fric, et nous… ou alors parce qu'hier j'avais encore l'espoir de m'en sortir. Si vous aviez gobé la lettre, le coupable mort, on serait tous rentrés à la maison.

J'entendis la neige crisser dans mon dos. Mes collègues arrivaient. Guy Boulet se figea.

— C'est bon, vous avez recueilli la confession d'un curé, alors…

— Arrêtez, cria Jumet, ça n'en vaut pas la peine !

Guy Boulet me fit un clin d'œil. Il ouvrit les bras et se laissa tomber dans le fracas de la mer se brisant sur les rochers.

****

ÉPILOGUE

La météo s'était adoucie permettant au *Tatihou 2* d'être à l'heure. Nous embarquâmes en silence. La traversée dans le bateau à roues, en principe amusante, n'arriva pas à me dérider. Un homme s'était suicidé sous nos yeux après avoir avoué une série de meurtres effroyables. L'équipage de la vedette de la SNSM recherchait le corps emporté par la marée descendante. Pour l'instant, les sauveteurs n'avaient rien trouvé. Arrivés au port de Saint-Vaast, les colons furent dirigés vers un gymnase où ils passeraient la nuit. Les militaires s'activaient à déblayer les routes, mais celles-ci ne seraient ouvertes à la circulation que le lendemain matin. Ensuite, ils repartiraient vers leur vie, sauf Lequertier qui, ce soir, dormirait à la gendarmerie. Massimo déposerait plainte avec le témoignage de Louis Le Brun. Une enquête serait ouverte. Il ne restait qu'à espérer que les gendarmes retrouvent d'autres victimes plus récentes, qui à leur tour, porteraient plainte, ce qui permettrait de transmettre le dossier à la justice.

La vie reprendrait son cours. L'enquête était résolue au prix de deux nouveaux morts et d'un suicide. La bonne nouvelle était que le juge allait mieux.

— Console-toi en te disant qu'Adèle et Palois n'étaient pas complètement innocents, dit Jumet qui me sentait du vague à l'âme. Le coupable est mort, au moins, ça va épargner l'argent du contribuable, procès, vingt ans de prison au minimum, tu n'imagines même pas ce que ça coûte !

— C'est vrai. Tu as sûrement raison. Vous restez ce soir ?

— Je ne vois pas comment on partirait. Les routes ne seront praticables que demain matin. J'espère que ta copine est là !

Christine était bloquée à Valognes, mais fine mouche, dès les premiers flocons, elle avait laissé une clé à Édith, sa voisine qui tenait une boucherie-traiteur. Bien que le magasin fût fermé, elle nous accueillit à bras ouverts, allant jusqu'à nous fournir un repas de rois. Gougères pour l'apéro, escalopes à la Normande et tarte aux pommes.

— Le rapport attendra demain matin, décréta Jumet en dénichant une bouteille de crémant au frigo.

— Buvons à la réussite de l'enquête !

Son téléphone sonna. Il fit la grimace. Décrocha, écouta, tandis que Bricart et moi mettions la table.

Quand il raccrocha, il annonça :

— J'espère que vous n'êtes pas pressés de rentrer chez vous ?

— Qu'est-ce qui se passe ?

— Une série de meurtres à Cancale. Il n'y a pas de profiler en Bretagne. On part demain matin.

****

REMERCIEMENTS

Pour les corrections : à Christine Duteurtre, Sylvie Jouny, Nicole et Jean-Claude Renault, Daniel Mousselet.

Pour ses conseils, son savoir et ses suggestions : Ludovic Mauger, gardien sur l'île de Tatihou.

Pour leur accueil sur l'île : Gaëtan, hôte, et Benjamin, le cuisinier qui a su régaler nos papilles. Merci aussi à Édith de la boucherie Villeneuve et au restaurant Le Débarcadère à Saint-Vaast-la-Hougue.

Pour avoir prêté le cadre de leur domicile pour cette enquête : Christine et Philippe Duteurtre, libraires de La Chaloupe à Saint-Vaast-la-Hougue.

Pour la photo de couverture de l'édition originale : à Patrick Courault, photographe qui a l'art de saisir l'Instant.

Pour leur enthousiasme : à l'équipe de Pocket et en particulier à Bénédicte Gimenez et Perrine Brehon sans qui rien n'aurait été possible.

Merci à tous de votre aide et votre soutien.

Bibliographie :

• Jean-François Détrée et Mathilde Moebs, *Découvrir l'Île Tatihou*, publié par le Conseil départemental de la Manche et le Musée maritime de Tatihou, 2003.

- Frédérik Chevallier, Cyril Marcigny, Jean-Pierre Camuzard, *et al.*, *Sagas de Tatihou, histoire d'une île normande*, OREP/Département de la Manche, 2012.

Nadine Mousselet
Scalpées dans la baie

Une nouvelle enquête haletante pour Laura Claes.

Dans la baie du Mont-Saint-Michel, la marée remonte, dit-on, à la vitesse d'un cheval au galop... Ce matin-là, elle laisse dans son sillage le corps d'une femme, plantée, la tête en bas, sur les bords du Couesnon. Scalpée ! Quel genre d'homme serait assez sadique pour faire une chose pareille ?

Tout juste diplômée en psychocriminologie, Laura Claes a son idée sur la question. D'autant que sa copine de fac, la rousse Cynthia, tombe à son tour aux mains du scalpeur fou. Mais comment expliquer aux gendarmes qu'elle, et elle seule, peut démêler cet écheveau sanglant ?

Nadine Mousselet
Un petit souvenir de toi

JUILLET 2025

Quand le parfum du crime flotte dans l'air, Laura Claes est déjà à sa poursuite.

Parce qu'on n'a pas tous les jours 18 ans, Sarah a négocié, parlementé, eu gain de cause. Ce week-end, la petite Parisienne aura la villa de Ouistreham rien qu'à elle, pour faire la fête avec ses copains. Sauf qu'une fois arrivée sur place, la première nuit, un intrus s'introduit chez elle. Son violeur l'a tuée, passant comme une ombre…

Il ne laisse aucune trace. Aucune empreinte. Seulement ce parfum bas de gamme, comme pour camoufler une autre odeur – d'œuf ou de poisson pourri…
Il n'y a pas deux limiers comme Laura Claes. Du premier coup, la profileuse a reniflé sa piste. Et la connaissant, elle ne la lâchera plus…

Retrouvez toute l'actualité de Pocket sur : **www.pocket.fr**

Nadine Mousselet
Momies

JUILLET 2025

Laura Claes est de retour, et cette fois, l'histoire prend des airs d'Égypte ancienne.

Un vent d'Égypte souffle sur les côtes du Cotentin. Comme naguère sur les bords du Nil, le cri d'un berger retentit. Si d'ordinaire il s'agit de délivrer un agneau coincé dans une rigole, cette fois c'est un cadavre qu'on en remonte bientôt. Une jeune fille embaumée et enroulée de bandelettes… Une momie.

Pour Laura Claes, l'influence égyptienne ne fait guère de doute. Désormais consultante officielle des autorités, l'enquêtrice en est sûre : le tueur, un prédateur sexuel obsédé par les Pharaons, cherche à se constituer un harem. Il y aura d'autres jeunes filles, d'autres momies. À moins que son « profil » ne vienne brouiller la fresque…

Composition et mise en pages
Nord Compo à Villeneuve-d'Ascq

Pour plus d'information :

#lisez! engagé

www.lisez.com

Imprimé sur du papier issu de forêts gérées durablement.

Imprimé en Espagne par Liberdúplex
en mai 2025
N° d'impression : 127986

POCKET – 92, avenue de France, 75013 Paris

S35184/01